講談社文庫

花や今宵の

藤谷 治

講談社

花や今宵の

行《ゆ》き暮れて木《こ》の下かげを宿とせば花やこよひのあるじならまし

伝・平忠度《たいらのただのり》

第一章

しんのが鳴ってるらしい。という一行だけのメールが、和田《わだ》ラーメンから来た時、ぼくはそのメールを見つめながら、自分が驚いているのか、平静でいるのか、よく判らなかった。

しんの、というのは、ぼくのいなかの山だ。先祖代々、いつからとは誰も知らない大昔から、鳴海《なるみ》家が所有し、守っている。今はぼくの母、鳴海星子《ほしこ》が一人で管理している、ということになっている。

母はもしかしたら、しんののことなんか半分忘れているかもしれない。日常というのはそういうものだ。近くにどんなおかしな物事があっても、それが毎日のことになったら、おかしいとは思わなくなる。へたをすると山が鳴っているのにも、気がついていないのかもしれない。気づいていたら和田ラーメンの前に、母がメールをよこしているはずだ。

和田ラーメンは、ぼくがその日に帰郷するのを知っていた。

その日が来たら、その時どこにいようと、あそこへ戻る。これまでぼくたちは、何度もそう話してきた。少なくともぼくは一方的にそんなことを、この何年か、ずっと彼に向かって呟《つぶや》き続けていた。

メールが来たのは、「その日」の三日前、ぼくが有給を取って東京を出発する日だった。

いなかから東京に出てきたぼくの友だちは和田ラーメンだけだから、そんな話ができたのも彼だけだった。和田旅館と和田トマトはそれぞれ家業の旅館と農家を継ぎ、横山《よこやま》は市役所で、ぼくの母親の部下として働いている。

ついでにいっておくと、ぼくのいなかには「和田」姓がとても多い。クラスの半分くらいは「和田」だった。あんまり多いので、ぼくたちは下の名前か、家の仕事をあだ名にして呼び合っていた。例外は和田ラーメンだけ。ラーメンの家も農家だったが、高校卒業後に上京してラーメン屋に弟子入りし、今ではもうすぐ自分の店が出せるというところまで来ている。

和田ラーメンも、「その日」に合わせて帰るといっている。

「十二月の下旬だぞ」

このあいだ会った時、ぼくはいった。

「クリスマス直前の忘年会シーズンじゃないか。ラーメン屋はかきいれ時だろう。休んでいいのかよ」

「ここ五、六年、十二月は一日も休んだことないよ」

話している相手を脅しつけるような、嫌な目つきを一瞬して――でもこれは彼の癖で、悪気は全然ない――、和田ラーメンはいった。

「店には去年からいってある。今度の暮れの、二十一、二十二、二十三日は休みますって。夏にもいったし、先月もいった。平気だ」

和田ラーメンは寡黙な男だが、ぼくにはよく喋《しゃべ》る方だ。

その時ぼくたちは居酒屋にいた。あいつは安くて、汚くて、うまい居酒屋を嗅ぎ当てるのがうまい。柔らかいのに歯応えのある辛子蓮根に目を落としながら、彼はぼそっと付け加えた。

「鳴海もだろ」

「ああ」ぼくは答えた。

実際、二人で示し合わせたみたいだった。ぼくも会社に休暇届を出したのは、まだ八月のことだった。前の年から上司には口頭で、それとなく伝えてもあった。さすがに、十二月ひと月休みなく働いていたわけではなかったけれど、二、三年前から、十二月には決して有給を取らない——ほかの社員たちはクリスマスから年末年始にかけて、けっこう平気で長期休暇を取っていたけれど——ように心がけていたのだ。この年の「その日」のために。

何年も前から、インターネットでこの年のカレンダーを探してプリントしておいたから、この年の十二月二十二日が、いかに有給を取るのに気まずい日か、ぼくはよく知っていたのだ。

十二月二十二日は月曜日だった。これがどういう事態を意味するか判るだろうか？十二月二十二日が月曜日ということは、二十、二十一日が土日で休み、そして二十三日の火曜日は天皇誕生日で祝日、二十四、二十五がクリスマスで、二十六日はもう金曜日、二十七、二十八日の土日のすぐ翌日が、二十九日の仕事納めで、正月三が日はお休み、四日が日曜だから、仕事始めは一月五日の月曜日ということになる。

つまりカレンダー通りに働いても、年末年始は六連休、二十九日に有給を取れば、九日も続けて休めてしまうということなのだ。放っておいても連休が目前の師走《しわす》に、二十日から二十三日まで四連休なんか取って、気まずくならないだろうか？　社内のぼくを見る目が冷たくなったり、上司のご機嫌が斜めになったりしないだろうか？

何年も前から計画を練っておくのは、必要不可欠な対策だったのである。

だって、何がなんでも、どんなことがあろうと「その日」には山に戻る。それは会社に就職する前から、いや、東京に出てくる前から、すでに決まっていたことなのだから。さいわい、二十九日に有給を取る同僚が何人かいて、ぼくの心理的負担を軽くしてくれた。人の少ない日に出勤すれば、上司の覚えもめでたかろう。

それでもやっぱり、四連休の前日、つまり十九日の金曜日に退社する時には、休暇届も出し、受理され、上司も了承したのに、帰りがけにその上司と廊下で鉢合わせした時には、社内の空気がちょっとばかり緊張した。そんな気がしただけかもしれないけれど。

「お先に失礼します」

そういってとっとと帰ろうとするぼくを見て、部長はちょっと嫌な顔をした。

「お疲れ」

部長は静かにそういって、ぼくの荷物に目をやった。これが気まずい。

会社の最寄り駅のコインロッカーが小さすぎて、ぼくはいなかへ持って行く荷物を全部、会社に運んでこなければならなかった。テントに寝袋、カンテラ、それに登山靴。全部新品だ。ホームセンターに行って買ってきたままのものばかりで、タグもぶらぶら揺れている。

「鳴海君、里帰りだったよね……？」

部長はそういいながら、ぼくじゃなく、荷物ばかりをじろじろ見続けていた。

「ええ」ぼくは答えてから、しなくてもいいキャンプ用具の弁解を始めた。「いなかが山の中だもんで、一日だけ、ちょっと……」

「ふーん……」

部長はまだ荷物について、そしてぼくの「里帰り」について、あれこれ問い質したい様子だったが、それはやめておくことにしたらしく、

「X社の見積り書、結局どうした？　あれ月曜日までだったろ」

と、仕事に話を変えた。

「もうX社の担当さんに送っておきました」

「そう。メールで？」

「はい」

「メールじゃ駄目だよ。何ページあると思ってんのあの見積り。先様がプリントしなきゃいけないんじゃないか。メールと一緒にプリントしたものをバイク便で送るんだよ、そういう時は」

「すみません」

メールに添付した見積りと同じものをバイク便で送るなんて、今までやったことあったろうか。それにその見積りは、向こうがメールで送ってくれといってきたのだ。

「あの、じゃ今バイク便の手配します」

「いいよ、もう。誰かにやらせるから。帰るんだろ。お疲れ」

人が有給とか長期休暇を取るというだけで、小意地の悪いことをいわずにはいられない会社人間がいる。部長もその一人だ。ぼくは部長の望み通りに、いやーな気持ちになりながら、それでもぺこりと頭を下げて、足早に会社を出た。

こういう時は、ただ社屋から一歩踏み出ただけで、空気が違う。酸素と窒素と二酸化炭素に加えて、大気中に「解放感」が含まれているのが判る。駅に向かって歩きながら、当たり前なはずなのに、遠い真実——人生会社がすべてじゃないという真実を、ぼくは胸いっぱいに吸いこんだ。

だけど、すぐにぼくは、ひどく深刻な気持ちになった。

会社がすべてじゃないなんて、いっときの思い込みだ、本当は定年までしがみつきたいと思っているんだ……、という意味で、深刻になったわけじゃない。

ふと、本当にこれとは違う人生が、今から始まってしまうかもしれない、という思いに囚《とら》われたのだ。

　会社だけじゃなく、今の生活——ワンルームマンションや、買ったばかりのデスクトップパソコン、スポーツジムで顔見知りになった女の子、新宿《しんじゅく》の3D映画館——そんなものが、すべてぼくとは関係なくなってしまって、全然別の世界での自分がこれから始まってしまうような、そこへ引きずり込まれていくような、いや、何かに強いられるんじゃなく、自分から進んで引きずり込まれにいくような、そんな気がしたのだ。

　もちろん、そんなわけがない。これはいつもの里帰りではないけれど、だからといって今の生活のすべてが取り替わってしまうような、でたらめなことが起こるわけがない。ぼくは火曜日には東京に帰ってきて、水曜日にはまた出社する。それ以外の可能性なんか、あるわけがない。

　しんのが鳴っている——。

　その音をぼくは聞いている。どんな音か知っている。ごう、でも、どん、でも、うう、でもない、表記できない大きな低音。

　その響きは、今目の前にある東京の風景よりも、ずっと身近で、生々しかった。それはただの音じゃなかった。ぼくはその音を、目で見、手で触れていた。息を吸い込むと、山の響きの匂いすら、その冷たく乾いた都会の空気の底に、漂っているような気がした。

ぼくはすでに、会社とワンルームマンションを往復する今の生活より、しんのの山のある集落を生々しく感じているのかもしれない。

山の響きを知っているのは、ぼくだけではない。和田も——ラーメンだけじゃない、和田のみんなも、横山も、ぼくの母も、あの集落のみんなが、かつて、しんのが鳴るのを聞いた。

河守亜菜《かわもりあんな》も。

ぼくは駅のプラットホームにいた。ベンチに座って電車を待っていた。けれどもそのことを一瞬忘れてしまって、思わず両手で顔を覆った。彼女のことを思い出してしまうたびに、いつも知らないうちに、そうしてしまう。

でもそれは一瞬だった。電車が来たので、ぼくは立ち上がった。一応、それとなく周囲を見回してみたが、ぼくを気にかけている人はいなかった。

最後に帰郷したのは去年の暮れだった（そういえば、去年の暮れはカレンダー通りに働いても、九連休だった）。いつも盆暮れには帰っていたのだけれど、今年のお盆は母が上京したので、いなかを見るのは一年ぶりだった。それだってぼくの年頃——

今年、二十九歳になった――にすれば、律儀に帰っている方だ。久しぶりに帰るわけじゃなかった。それなのにぼくは、まるで、あれから初めて帰っていくように感じていた。

そして、それは必ずしも間違ってはいないのだった。毎年二度の帰郷と、これは、意味合いがまったく違う。帰郷は一年ぶりだけれど、あそこへ、あの山へ、しんのへ入っていこうとしたことは、あの事件が起こってから一度もない。そしてあの事件は、今から十九年前の出来事なのだ。

電車は大きな駅に着いた。ぼくはプラットホームにひしめく、大勢の人々――いつもと変わらない年末の夜、いつもと同じ一日の仕事を終えて、今朝出てきた自分の家へ、当たり前に帰っていく人々の中で、大きな荷物が迷惑にならないよう、赤ん坊のように両腕で抱えながら、エスカレーターを上がって特急列車のホームに歩いた。特急券を自動改札に入れる、ホームで大きいサイズの熱いコーヒーを買う、自由席の空いているところを探す、荷物を棚に押し込み、座席に身を沈める……。すべてが慣れた動作だった。ぼくだってみんなと同じように、いつもと変わらないことをしているだけだ。朝起きた部屋ではない場所へ向かっている、というだけで。

だけど列車が静かに動き始め、スピードを上げ、東京の明るすぎる夜から遠ざかっていくと、ぼくの頭が、その次に身体《からだ》が、それから魂が、同じようにすうっと遠ざかっていくのを感じた。東京から、日常から、いつもと変わらない自分から……。さっき予感した通りだった。

帰れなくなるかもしれないぞ。

ぼくの情緒がいった。

すると、ぼくの理性がいい返した。

んなわけ、ねーじゃねえか。

ぼくは情緒と理性と、両方の様子をかわりばんこに眺めた。そして今しばらくのあいだは、情緒の方へよりかかることにした。特急列車が駅に着いたら、この夜は駅ビルのビジネスホテルに泊まることにしてあった。そこからさらにローカル線に乗って、温泉街からバスに一時間以上乗らなければたどり着けないところだ。いなかは夜が早い。母親はもう寝ている。理性にはホテルにチェックインする時まで、休んでいて貰うことにした。

窓の外がトンネルを出たり入ったりを繰り返すようになった。

ぼくは眠ったのではなかった。目の前に陽光が満ちあふれ、耳にはセミや鳥や、木々を抜けていく風や、雪を踏みしめる長靴の足音、すぐ横で誰かが歩きながらやってるゲームボーイの電子音、公民館の合唱なんかがひっきりなしに聞こえてきて、足元には殿様川《とのさまがわ》が角を丸く削った岩の感触がほんのりと痛く、鼻から息を吸いこめば、製材所の木屑《きくず》の匂いや十勝《とかち》食堂の塩バターラーメンの匂い、川魚やカエルの生臭《なまぐさ》さ、おばあちゃんに名前を教わってもすぐ忘れてしまう花の香りが次々にぼくを取り巻いて、とても眠るどころじゃなかった。

1

その集落がどこにある、なんという名前の集落か、それは教えられない。集落の人たちは騒がれることを好まない。とりわけぼくのおばあちゃんは、集落におかしな研究をする人がやって来て、うろうろされるのを極端に嫌った。それは狭い村に生きる人間の排他性と、一概にはいえない警戒心だった。おばあちゃんは先祖の云いつけを守っていたのである。しんのを知られてはならぬ、という云いつけを。その云いつけには理由があった。当時のぼくはそんな理由は知らなかった。今は知っている。痛いほど胸にしみている。

だけどそこは、別に秘密めかす必要もないくらいの、これといった特徴もない、日本のどこにでもある過疎の村にすぎない。山に囲まれていて、谷あいに川が流れていて、山肌に沿って道路があり、そこに朝七時から夕方四時までのあいだに、七回だけバスが来る。バスの終点を囲むように、商店や小さな旅館、食堂や公民館がある。あとはお寺と神社がひとつずつと、あちこちに「秘湯」があるだけだ。集落は川釣りと、知る人ぞ知る秘湯のおかげで、多少の観光収入があるような、鄙《ひな》びてちっぽけなところだった。もちろん集落の大半が畑とか酪農で収入を得ている。大きな市の一部で、市役所はひと山越えた先の温泉街にあるから、行政サーヴィスが行き届くようになったのは、ここ数年のことだ。

こういうことはしかし、すべてあとになって知った。初めて連れてこられたとき、ぼくは集落のことを何も知らなかった。集落に連れてこられる、ということすら判っていなかったのだ。ぼくはまだ六歳にもなっていなかったのだから。

今となっては、すべてがうろ覚えだ。思い出せることを、思い出せるままに並べれば、こうなる。

――まずぼくは、何かがひどく恐ろしくて、泣いている。小さくて暗い部屋の中で。一人ぼっちじゃなく、大人が二人いる。一人は母親かもしれない。もう一人は父親かもしれない。

大人の声が恐い。ぼくに向かってテーブルが迫ってくる。テーブルも恐い。大人たちがぼくを見る。その目つきも恐い。大人たちはぼくをベッドに連れて行く。眠いのにぼくは泣いてしまう。誰も来ない。

――電車に乗っている。それから電車。その前に母親とぼくは、何かを話している。何を話したかは憶《おぼ》えていない。それから電車。明るい。風が気持ちいい。お弁当のご飯がお弁当箱の薄っぺらい板にこびりついているのを、お箸《はし》でこそぐのが面白い。お弁当には干し杏《あんず》が入っていた。母親に手を取られて電車を降り、また別の電車に乗り、そんなことを繰り返している。バスにも乗ったかもしれない。眠っていたのかもしれない。

――明るくて、広くて、いろんな音がする所に着く。おばあちゃんがいる。おばあちゃんのことをぼくは、なぜか、すでに知っている。おばあちゃんに頰《ほお》にキスされる。すごく臭い。

ぺっちゃんこのトイレ。どうしたらいいか判らない。おばあちゃんに、しゃがんで使うの、と教えられる。しゃがんでも、うんこが出ない。誰も見ていないのに、すごく恥ずかしい。

夜、一人で寝かされる。床にべったりと、大人の布団が敷いてあって、そこで寝ろといわれる。すごく広い部屋で一人きりになって、ぼくはまた泣いてしまう。

――次の日から、毎日、誰かが来る。たくさん来る。男の子も、女の子も。子供たちのお母さんも来る。おばあちゃんと母親が毎日、でっかい鍋でご飯を作る。おばあちゃんは台所では怒っている。みんなといると笑っている。母親はいつも笑っている。

こういう記憶の断片。

……なんのことはない。両親が離婚して、母親の郷里に連れてこられただけだ。両親の離婚の原因は、今でもはっきりとは判らない。ぼくが一切その話題に触れないからだ。ぼくが黙っていれば、母から切り出すこともない。母はぼくを連れて里に帰った。夫を早くに亡くしてから一人でがんばってきた祖母は、母よりぼくのことを気にかけた。もともと祖母はぼくが大好きで、それ以前にもぼくを見に来るためになら、大嫌いな東京へ出るのも厭《いと》わなかったらしい。

母とぼくが戻ってきた、その翌日から、ぼくと同じくらいの年の子たちを連日家に招いたのも、祖母の深慮遠謀だったのだ。この集落でぼくが仲間はずれにならないための、また一方では、母の昔馴染みから集落全体へと、母が「出戻ってきた」ことを伝えるための。

もちろんずっと後になって思い当たったことだけれど、狭くて保守的な集落では、娘が出戻ったなどというのは家の恥とされ、隠され、うやむやにされ、時間をかけてなんとなく既成事実にしてしまうことが多い。祖母はそうしなかった。それが家を暗くし、集落の付き合いを気まずくするものであるのを、よく知っていたからだろう。その代わりに祖母は大っぴらに娘の離婚を宣伝し、人前で大っぴらに嘆《なげ》き、娘、つまりぼくの母と口論さえしてみせた。

「そんなにいわなくたって」

「今どき離婚なんて普通よ」

「大変なのは星子ちゃんじゃないの」

効果はてきめんだった。祖母の思惑通り、母は同情され、受け入れられた。

母は今でも、あのときの祖母の振る舞いに感謝している。祖母も母も、男運に恵まれず、子供を抱えて一人で生きるしかなかったためか、気丈で活動的で、気が回るたちだった。祖母が即座に集落のみんなを入れ代わり立ち代わり呼び集めて喧伝《けんでん》し、自分が頭の固い婆さんの役回りをしていなかったら、男勝りの母はもしかしたら逆に集落を回って、出戻り何が悪いとみんなに食ってかかっていたかもしれない。表立っては誰も、悪いともなんともいっていないのにね。……と、母は成人したぼくに語ったことがあった。

母もいつまでも家の中に籠《こも》ってウジウジしているようなことはなく、すぐに雇用なんかまったくない過疎地で仕事を探し始めた。これにも集落の同情が功を奏した。知り合いがつてを辿《たど》って、市役所の仕事を紹介してくれたのである。母は温泉街に出て市役所で面接をすると、その足で中古車センターに行き、水色のセドリックを買って、毎朝六時半にそいつに乗って家を出ていった。

ぼくは幼稚園に行かなかった。東京では通っていたと思うけれど、細かい記憶はない。集落に連れられてきたのは、あとひと月ほどで小学校に上がるという時期だった。集落で知り合った子供たちは、温泉街の幼稚園に行っている子もいれば、もう小学生の子もいて、ぼくは一人だった。おばあちゃんの畑に一緒に行くこともあったけれど、すぐ退屈してしまって、おばあちゃんも明らかにぼくを持て余している様子だったし、勝手に帰って家でテレビを見たり、縁側でぼんやりしていることが多かった。

ほんのひと月ほどの期間のことだけれど、そのときの、何もかもから離れているみたいな、宙に浮いている、というわけでもなく、取り残されている、というわけでもない、異様な孤独感は、今でも印象に残っている。それはまったく陰気なものじゃなかった。寂しくもなかった。東京の暗い部屋で大人たちが叫んでいるときのほうが、ずっと寂しかった。山の中でぼくは、ひろびろとしていた。

2

山肌に沿った県道をしばらく歩き、山へ少しだけ入ったところにあった小学校に、ぼくが入学したとき、一年生は十四人しかいなくて、それでも全学年の中で一番大人数だった。二年生と三年生はその半分くらい、四年生は五人くらい、五年生は一人もいなくて、六年生は十人だった。

そんな人数なのに、小学校は鉄筋コンクリート三階建ての立派な校舎のほかに、体育館があった。校庭も広かった。小学校の校舎は二階までしか使われていなくて、三階は物置みたいになっていた。一階と二階にも空いた教室が多かった。それなのに小学校から少し離れたところには、同じくらい立派な中学校があって、そこには二十五メートルプールもついていた。夏の体育の時間には、みんなで中学校まで行ってプールを借りて授業をし、夏休みにはそこが市民プールみたいに開放されて、集落の子供たちの遊び場のひとつになった。

おばあちゃんのおかげで、ぼくはついこの間まで東京に住んでいたのに、学校に通い始めてすぐにみんなと遊べるようになった。二年生や三年生もお兄ちゃんぶって遊びにまじった。

一年生になったばかりのころだったと思う。印象的な一日があった。今にして思えば、それはその後のぼくの人生にとって、重要な意味を持つ一日だったといっても、決して大袈裟《おおげさ》じゃない。

そのころはまだ、集落に来てから間もなかったせいもあって、ぼくは山や川や草むらが恐かった。

その日、放課後にひとしきり校庭で遊んだあと、誰かが、

「殿様川に行こう！」

といい出して、みんな当たり前みたいに走り出したとき、ぼくは、一緒に行きたいとは思ったけれど、走り出すまではできなかった。ちょっとのろのろ歩いて、一応ついていく意思はあることだけを示した。

そんなぼくを見て、走って戻ってきて、ぼくの手を引いてくれたのは、今の和田ラーメンだった。

「行こう！」

お下がりの半ズボンの上に、朝でも昼でも泥だらけのシャツを着た、くりくり坊主

の和田ラーメンはそういって、ぼくの返事も聞かずに腕を引っぱって走った。だからぼくも走るしかなかった。

　ぼくはそのときの光景をよく憶えている。走って、それからためらいが消えていった。和田ラーメンの、行くから行こう、というような、ただただ単純で屈託のない明るさに、ぼくの屈託はきれいに洗い流されてしまった。……こんな複雑な心理は、あとから記憶に貼りつけたものだろうか？　子供にはありえない心理の襞《ひだ》だろうか？

　ぼくと和田ラーメンが追いつくのを、校門を出たところでふり返って待っている子供は七、八人で、女子が三人くらいいた。そんなことまで憶えている。

　三人の女子はひと固まりになっていた。真ん中の女子が一番やせていて、一番背が高く、髪を三つ編みにしていた。ほかの子たちと同じように、特にこれといった表情もなく、ぼんやりこっちを見つめていた。

　殿様川にはその前にも行ったことがあったけれど、おばあちゃんやほかの子のお母さんや、大人が一緒だった。この日、つまりぼくが小学校に入ってから、最初に川へ遊びに行った日には、大人はいなくて、四年生が何人か釣りをしているだけだった。

　何日か前に一年生になったばかりのぼくたちには、釣りなんかさせてもらえない。ぼくたちは、釣りなんてすごいことは大人の、四年生くらいのやることだと思っていた。殿様川は、川幅は狭いし流れはゆるいし、どこが殿様なんだか判らない小川だけれど、それだって一年生になりたての児童だけで遊んではいけないから、四年生は近くで釣りをしながら、ぼくたちのことを見張っていた。それが四年生になった集落の子供の役割だった。

ぼくたちは川べりの石をひっくり返してヤゴを見つけたり、河原で走ったりして遊んだ。小学校に上がる前からそうやって遊んでいたから、特別なことじゃなかった。その日が特別だったのは、親とかおばあちゃんがいないところで遊んだのはそれが最初だったということと、さっき見た、背の高い三つ編みの女の子を初めて意識した日だったからだ。

女子は女子で固まって遊んでいた。ぼくたち男子みたいに川の中になんか入らなくて、三人で河原で何かを拾ったり、お喋りをしていた。それでも男子たちと完全に別行動というわけでもなく、ぼくたちのズックの近くをうろうろして、男子が足を乾かしに来たら、当たり前のように話しかけたり、濡《ぬ》れた半ズボンを指して笑ったりしていた。

ほかの女子の中にはぼくの家に遊びに来たことのある子もいたし、どうでもよかった。三つ編みの子が気になった。ぼくの席は教室の後ろで、教室では毎日出席を取るのだから、名前も聞いたことがあるはずなのに、ぼくはこの時、初めてその子を見たような気持ちになっていた。

あいまいで断片的で、点《つ》いたり消えたり、衰《おとろ》えた蛍光灯みたいになっている記憶の中で、あの瞬間をしっかり憶えているのは、ぼくの幸福なのかもしれない。それは今のぼくにもかろうじて残っている、完璧に純粋な瞬間だった。計算もなければ焦燥もない、ましてよこしまな思惑なんか入り込む余地もない、ただ周りに広がる緑の山々と、みんなのはしゃぐ声、風の音と川の音、そしてそれらすべてを包んでいる、夕焼けの柔らかい茜色《あかね》だけがある。その真ん中に、背の高い三つ編みの女の子がいて、ぼくをじっと見つめている瞬間。ぼくはその時、彼女の名前も知らなかった。自分がどんな心でいるのかさえ判っていなかった。心なんかなかった。完璧に純粋だったのだから。

だけどそれはやっぱり、瞬間だった。そのあとすぐにぼくは、ろくに知らない女の子と目が合ったことに気恥ずかしさを覚えて目をそらした。それとほとんど同時に、女の子の名前を知りたくなって、でも女の子の名前を知りたいなんて思っていることは、みんなに知られたくないと思った。やっぱり子供の心理は、充分に複雑だ。

誰かが、川の水がちょー冷たいといって、みんなで河原で遊ぶことになったのは運が良かった。川に入ろうとしない女の子たちと、いっしょにお喋りができるからだ。

その日の幸運は、それだけで終わらなかった。

「もう帰る？」

みんながなんとなく、河原の砂利に車座になると、誰かがいった。

すると和田トマト——というあだ名はまだなかったけれど——が、

「おれ今日、うち帰りたくない」

といった。

「なんで？」

「だってさ、お正月に買って貰ったゲームさ、お兄ちゃんばっかり勝っちゃうんだよ！」

和田トマトはそれがすごく悔しいみたいで、そういっただけで丸い顔を真っ赤にして（トマトみたいに）、足元の砂利を思い切り蹴った。

「おれとお兄ちゃんと、びょーどーにやんなさいって、お父さんがいってんのにさあ！　一人でずーっと練習してるんだもん。ぜってー勝てねーに決まってんじゃん！」

トマトの声は悔しさのあまり、最後のほうが裏返って高くなった。

「うちのお兄ちゃんもずるいんだよ」

女の子の一人がいった。

「おじいちゃんのナントカのお菓子全部食べちゃったんだよ。ナントカのときにナントカカントカだって約束したのに！」

女の子は興奮しすぎて、ナントカのところは意味不明だった。

あたしだってお姉ちゃんの服ばっかり着るのいやだ！　といいだす子もいたし、自分にしか理解できない怒りをぎゃんぎゃんわめき始める子もいた。兄弟のいないぼくは黙っていた。それを見て和田ラーメンが、

「いいなあ。鳴海、お兄ちゃんいないもんなあ」

と、小さい声でいった。ラーメンのお兄さんは、すぐそばで川魚を釣っていたのだ。

そこからみんな、兄弟が何人いるという話になった。中学生のお姉さんがいる子や、お正月に弟が生まれたばっかりの子がいた。

「じゃあ、一人っ子って、ぼくだけなの」

ぼくはなんだかそれが、情けないことみたいな気分になっていった。

「アンナちゃんも一人っ子だよね」

女子の一人がそういうと、

「うん」

背の高い、三つ編みの子がうなずいた。

アンナっていうんだ。ぼくは忘れないように頭の中で何度もその名前を繰り返しながら、同時にそんなこと気にもかけていないフリをするために、わざと和田ラーメンをじっと見ていた。

「おれも一人っ子がよかった」

和田ラーメンはそういって、しかめっ面《つら》をした。

それからしばらく、みんなは自分の兄弟がこんなだ、あんなだと、勝手に喋っていた。ぼくはアンナという女の子がもっと何かいうかもしれない、話題になるかもしれないと思って、そっちに集中していて、和田ラーメンがそれからずっと黙りこくっているのに気がつかなかった。だから少ししてラーメンを見たら、いつの間にか静かに泣いていたので、ぼくだけじゃなく、みんなびっくりした。

「どうしたの？」女子がいった。「お兄ちゃんがいやなの？」

和田ラーメンは激しく首を横に振った。それからすごく悲しそうに、

「やっぱりお兄ちゃんがいたほうがいいんだよう」

と、しゃくりあげながらいった。

誰かが泣くと、まったく何の関わりもないほかの子の中からも、もらい泣きをしてしまう子が一人や二人、必ず出てしまうものだが、このときもそうなって、それを見つけた四年生が釣りをやめて近寄ってきて、もう帰ろう、といった。「みんなで帰るんだぞ」四年生は、えらそうな声でいった。「家の近い子は一緒になって」

バス停の方向へ帰る子、中学校に近い子、といった具合に、四年生がぼくたちを振り分けて、グループごとに四年生が先生みたいに引率して帰ることになっていると、ぼくたちはそのとき初めて知った。

四年生は本当に先生の真似《まね》をしているのだった。ぼくたちを一列に並ばせて、点呼を取った。もっと大きい声で返事をしましょう！　なんていう四年生もいた。

何人かいる「和田」はフルネームで呼ばれていた。バス停の方へ帰る子がいちばん多かった。アンナという名前の子も、その中にいた。

「カワモリさん」と呼ばれて、その子は小さな、だけど通る声で、はい、と返事をした。

こうしてぼくは背の高い三つ編みの子の名前を知った。カワモリ・アンナだ。

3

山の方へ帰るのはぼくと和田ラーメン、それにラーメンのお兄さんの林太郎《りんたろう》さんだけだった。林太郎さんは四年生のときから中学生みたいにがっしりした体格をしていて、いつもわざとらしいくらいに胸を張って歩いていた。ラーメンはどちらかというとやせぎすだったから、並んで歩くと林太郎さんのふんぞり返った巨体が、より際立って見えた。

「鳴海君」

林太郎さんは喋り方もふんぞりかえっていた。

「鳴海君はこっちへ来たばっかりだから、このあたりのことは、まだ知らないだろう」

「知らない」

ぼくはまだ敬語なんか使えなかったし、使えないことは林太郎さんにも多分判っていた。

「すっごい山奥のいなかだろう」

「うん」

「だからみんな、いなかもんばっかりだと思うだろう」

「うん」

「違う！」

林太郎さんがいきなり大きな声を出したので、ぼくは叱《しか》られたのかと思って、その場にびくりと立ち止まった。

「恐れずともよい」

変声期も始まっていないくせに、林太郎さんはそんな言葉づかいで、ぼくに向かって胸を反らし、あごを突き出してにやりと笑った。

「ここに住んでいるのは、いなかもんではないのだ。なんだか判るか」

ぼくはだまって首を振った。

「もういいよ」

和田ラーメンがうんざりしたようにいった。それでも林太郎さんは構わずに自分で答えた。

「あのな。おれたちは、へーい、けのまつ、え、ー、い、なのだ」

「判んない」ぼくは本当に判らなかった。

「へーけのまつえーっていうのはだ、さむらいということだ。おれたちはさむらいなのだ」

「さむらいって何？」

「さむらいはさむらぃだよ」林太郎さんは急に子供の声になった。「立派なんだよ。えらい人」多分、彼自身も漠然としか理解していなかったのだろう。

「へえー」

「さむらいが何をしないか、知ってるか？」林太郎さんはぼくにそういいながら、答えられないことは先刻承知とばかりに、すぐ弟のラーメンに向かっていった。「お前、いってみな」

「さむらいは、乱暴しない。嘘《うそ》をつかない。ひるまない」ラーメンは棒読みでぶっきらぼうにそういった。「もー判ったよ。毎日、毎日ぃ」

「昔、げんぺーのかっせんがあったとき、へーけのさむらいは、ちりぢりばらばらになった」林太郎さんはまた意味の判らないことをいい始めたけれど、ぼくは聞き流していた。「へーけのおちむしゃが、この山の中に畑とか、そういうのを作って、それでえ、ここができた。だからあ、へーけのまつえー。判る？」

林太郎さんはどうやら、へこたれちゃって、ふんぞりかえった喋り方を続けられなくなったらしい。ぼくは歩きながら首をかしげた。

「鳴海君はまだ小さいから、判らなくてもいい」林太郎さんはいった。「そのうち判る」

「だけど、じゃあ、ぼくはさむらいじゃないね」ぼくはなんの気なしにいった。さむらいじゃなくても、どうってことなかったから。「だって、東京から来たから」

「それは違うぞ、鳴海君」林太郎さんはまた偉そうな口調に戻った。「君もへーけのまつえーだ」

「そうなの？　なんで？」

「だって」林太郎さんはいった。「鳴海君ちって、しんのがあるじゃないか」

「ん？」ぼくは林太郎さんを見た。けれどもそれは和田ラーメン兄弟の家の前だった。ラーメンはとっくに手を振って家に入っていた。家の中から林太郎さんを呼ぶ大声が聞こえた。

「しんのって何？」

「うちの人に訊《き》いたら判るよ」林太郎さんはそういって、ぼくの前で姿勢のいいお辞儀をした。「では、御免！」そしてくるりと振り返り、すたたた、と家まで走っていった。

ぼくの家はそこからさらに坂をあがった行き止まりだった。

「おかえり」

いつものようにお母さんは帰ってなくて、晩御飯の下ごしらえを終えたおばあちゃんが、お茶の間でテレビニュースを見ていた。

「おばあちゃんさ、しんのってなぁに？」

ただいまもいわずに、ぼくは尋《たず》ねた。

おばあちゃんはぼくの方へくるっと振り返り、そのままリモコンでテレビを消した。

「あんた、それ、誰に聞いた」

「下の和田のお兄ちゃん」

「どこで聞いた。学校か」

「ううん。すぐそこ。たった今」

おばあちゃんが問い詰めてきたので、ぼくは怖くなったのだろう。そしてそれが顔に出たのだろう。おばあちゃんは恐い顔をやめて、穏やかな声でいった。

「鶏小屋の後ろに山があるだろう。あの山の手前に、よーく見ると、もうひとつ小さな山がある。それがしんの」

「おばあちゃんの山なの？」

「おばあちゃんのじゃない」おばあちゃんは厳《おごそ》かに首を振った。「鳴海家が代々、預かってる山なの」

「預かってるって何？」

「おばあちゃんの山じゃないってこと」

「じゃー誰の？」

「それは、よく、判らない」

おばあちゃんはそういって、不思議な笑顔を見せた。

「判らないの？」

「誰にも判らないの」おばあちゃんはいった。「だけど、いつかその誰かに、返さなきゃいけない」

「いつ？」

「さあ……。百年先か、千年も万年も先なのか……。判らない。明日かも判らない」

「何それー」

「あんたがもうちょっと大きくなったら、もっと教えてあげる」そういうとおばあちゃんは、またちょっと恐い顔になった。「それまで、人とこの話したら駄目だぞ。お母さんとおばあちゃんだけだぞ。いいか？」

「どうして話しちゃいけないの？」

「いいかっ？」

ぼくはびっくりして、頷《うなず》いた。

おばあちゃんもぼくに頷いて、またテレビをつけた。しばらくのあいだぼくとおばあちゃんは、なーんにも面白くないテレビのニュースを黙って眺め続けた。

黙ってはいたけれど、ぼくにはまだまだ頭の中に、尋ねたいことやいいたいことがいっぱい詰まっていた。「お母さんとおばあちゃんだけ」というのは、家の中でなら、しんののことを話してもいい、という意味だ。それはそのときから判っていた。判っていたけれど、おばあちゃんの、あの迫力。やっぱりあんまり口にしてはいけないみたいだ。夜になってお母さんが帰ってきてからも、ぼくは子供ながらにしんのの話は「自粛」することにした。

その代わりに、ほかの訊きたかったことを、お母さんとおばあちゃんに訊くことにした。

「ねえねえ、ぼくんち、さむらいなの？」

お母さんとおばあちゃんは、まず一緒にぼくを見て、それから二人で目を見合わせた。

「ぼくんち、へーけなの？」

お母さんはびっくりしたような目になった。

「ついさっきまで、赤ん坊だったのにねえ」お母さんは丸い目のままいった。「学校に行くって、すごいことだね！」

「誰がいってた、そんなこと？」

おばあちゃんはそういいながら、お母さんに見えないように、またちょっとだけ恐い顔になった。ぼくは答えたくなくなった。

「どうせカワモリんとこのヨシオだろう」おばあちゃんはぼくの知らない人の名前を出して、一人で頷いた。「あの頭でっかちがまた、適当なこと子供に吹き込んで」

「ヨシオ君、まだ研究やってんの」

おばあちゃんの作った、ちょっと甘すぎる芋《いも》の煮っ転がしを食べながら、お母さんがいった。

「そうよ。土地持ちは暇だね。本なんか読んじゃって、日がな一日家から出てこないってさ」

「アそーお」

そのまま母娘のご近所ばなしになってしまいそうだった。ぼくはその流れに抵抗するべく声を荒らげて、

「へーけってなぁに！」と叫んだ。

するとお母さんが、からかうような笑顔になって、

「智玄《ともはる》、へーけ知らないの？」

「知らない！」

「そこ知らないんだったら、お話にならないよねえ」

「ねえ」おばあちゃんも同調して頷いた。

「だから、教え、て、って、いってん、でしょ！」ぼくはお箸でテーブルを叩いた。

するとおばあちゃんが調子に乗って、

「へーけも知らないんじゃや、ねえ」

お母さんも、

「ねえ」

と二人で頷き合っている。馬鹿にしてるということは一年生にも判ったから、

「いーから、お、し、え、て！」

ぼくはイライラして、お米粒を飛ばしながらいった。

「そのうち学校で教わるよ」お母さんはいった。「そしたら教えてあげる」

「学校で教わってからじゃ、もう遅いじゃないかぁ！」

ぼくはしっかりと抗弁した。けれども無駄だった。お母さんもおばあちゃんも、それからはもうにやにやしたり、話をそらしたりして、へーけがなんなのか、決して教えてくれようとしなかった。

こうしてこの日ぼくは、確かに「その後のぼくの人生にとって、重要な意味を持つ」キーワードを、二つも三つも手に入れた。

だがそれらが、どんな意味を持っているものなのか、その時は気付かなかった。

第二章

特急列車を降り、駅近くのビジネスホテルにチェックインした。フロントにはやる気のなさそうな痩《や》せたおじさんが一人いるだけ、ロビーは照明も半分ほど落とされて、誰もいなかった。まだ夜半を過ぎたわけでもなかったのに。

ベッドとテレビとテーブルがあるだけの部屋に、大荷物を一人で運び、ユニットバスのトイレでたっぷりと用を足すと、空腹と眠気が同時に襲ってきた。

食事をしに再び部屋を出るには眠すぎる。眠るには腹が減りすぎている。

ベッドに横になって、しばらくぼんやりしてみた。そうしているうちに眠りに落ちて、食事をする必要がなくなるんじゃないかと期待したのだが、昼休みからほとんど十二時間、ペットボトルの緑茶しか口に入れていないのでは、空腹というより苦しくてしかたがなかった。うえーい！　というような声をあげて自分を立ち上がらせ、ホテルを出た。

駅前のデパートやレストランはすっかり店を閉めたあとだった。特急列車の停車駅になったために、大々的に改築された駅ビルの前には、どこででも見かけるファストフードやカフェといった新参者の店が並び、その土地の本当の繁華街や商店街は、昔ながらの城下町とか街道筋にある。地方都市にはありがちな、とってつけた都市計画の、新しくてうそ寒いところに、ぼくはいるのだった。

駅前の巨大なバスターミナルを抜けて、大通りを左右どちらかに行けば、この土地の古い街並みの中に、居酒屋くらいは見つけられるだろう。そんな探索をする体力が残っているわけもなかった。タクシー乗り場の近くにあったコンビニで、いつも買うのと大差ない弁当とお茶と缶コーヒーを買った。……東京を離れてまで、そんな夕食は食べたくなかったんだけれど。

コンビニを出てから、ターミナルの端にラーメンの屋台が出ているのを見つけた。小型のトラックに提灯《ちょうちん》をぶら下げている。ニッカボッカーを穿《は》いた若い男が二人、立ったままどんぶり鉢に口を寄せて汁をすすりながら、何か喋っている。

コンビニ弁当なんかより、立ち食いの屋台ラーメンのほうが、よっぽどうまそうだなあ……。ぼくは一瞬後悔した。コンビニ弁当は明日まで取っておいて、今夜はあのラーメンにしようかとも考えた。

けれどもやっぱり、今はやめておこう。ぼくは屋台に背を向けてホテルに戻った。ここはまだ、ラーメンじゃない。ラーメンは集落に帰って、十勝食堂で食うまで取っておこう。

どんなに好意的に眺めても一ミリも面白いところがないローカル局の深夜バラエティを見ながら弁当を食い終えると、そのままシャワーも浴びず歯も磨かず、弁当がらも片付けず、ベッドメイクを引き剝《は》がすのさえ面倒になって、下着の上にベッドカバーを被っただけで、丸くなって眠ってしまった。

1

自分の過去を美化して思い出すことに、ぼくはまったく躊躇《ちゅうちょ》しない。だってそれは、本当に美しかったのだから。あの頃の集落と、集落を走り回るぼくたちは、文字通り光り輝いていた。集落の子供たちの毎日に、殴り合いやののしり合い、涙や悲鳴や流血は欠かさずあったけれど、すべてが開けっぴろげで幼稚で、野蛮で明るかった。ぼくたちは嫌なやつがいたら陰口をいったりするんじゃなく、その場でぽかぽかぶん殴った。やめてほしいことがあったら「やめろ！」といった。それでもやめないやつは、ほかのみんなにその場で責められた。そのあとは、いじめられていた奴もいじめていた奴も一緒くたになって、ドッジボールや魚釣りをした。

もっとも魚釣りは、四年生になるまでは上級生の看視があった。穏やかな殿様川にも、場所によっては流れが急だったり、小学生には深すぎるところがある。二年生になったころから、集落の子供たちは和田トマトの家の近くにある池に行って、釣りの練習というか真似事をして遊ぶようになる。この池は池というより水たまりみたいなもので、楕円形の一番長いところでも五メートルくらいしかなく、深さも小二の子が飛びこんでも膝までしかなかったから、子供たちのあいだでは、いわず語らずのうちに「小三までの池」ということになっていた。

しかもこの池には、アメリカザリガニがいっぱいいいた。ぼくたちは学校が終わると、麻紐や毛糸の先に、クリップとか針金の切れ端をつけたやつを持って池に行く。うまくいけばそれだけでザリガニが釣れることもあるけど、浅瀬にいる小さい虫やザリガニをまず手で捕まえて、そいつをむしって針金につけると、形も釣りっぽいし大きなザリガニがよく獲《と》れた。

生き物をむしったりザリガニが共食いをするなんてことは、なんとも思っていなかった。ただぼくたちはそれをよく見ていた。集落にはありとあらゆる生き物がいた。

生き物たちは脚や触角を動かして食べるものを探し、食い、飛んだり、闘ったり、隠れたりして、交尾をし、卵を産み、巣を作り、死んで道路で腐ったり、干からびたり、ほかの生き物に食われたりしていた。ぼくたちはそんな生き物を見ていた。カブトムシをつかまえたり、蟬《せみ》が脱皮するまで眺めていたり、カエルの交尾を引き離したり、ホオジロの死骸を指でつついたりして、いつのまにか生き物を知っていった。今でもぼくは、そうするよりほかに、どうやって生き物を知るのかを知らない。

同じ学年に十四人いたから、野球もサッカーもすぐできた。今にして思うと不思議な気がするけれど、ぼくたちは少なくとも学校で遊んでいるあいだは、たいてい十四人一緒だった。お昼休みに天気が良くても教室に残ったり、一人でぽつんとしている子はいなかった。かくれんぼがしたいと誰かがいって、嫌だという子もいなかった。ほんとうは自分のやりたいことがあったのに、雰囲気に呑《の》まれて集団行動に同調した子もいたのだろうか。どうもそうじゃなかった気がする。大人になってからもぼくたちは仲がいいし、ましてや小学校低学年の子供の自意識なんか、たかが知れている。みんなといるのは楽しかった。

十四人のうち五人が女子だったが、彼女たちも男子と同じ遊びを自然にしていた。中には下手《へた》な男子より運動神経のいい女子もいた。かけっこが一番速かったのは麻里《まり》だったし、指相撲《ゆびずもう》では清香《きよか》に勝てなくて、男子はみんな悔しがっていた。そして、ぼくたちの中でいちばん野球——そう、ぼくたちはあれを「野球」といっていた——の才能があったのは、瀬川《せがわ》でもなければ和田旅館でもなく、河守亜菜だった。

子供の頃はたいてい男子より女子の方が成長が早いが、河守の身長は四年生になるまでにクラスでいちばん高くなった。手足もほっそりしてきて、みんなと並んで歩いていると、上級生が下級生を引率しているみたいだと、大人たちにいわれたりした。

おまけに河守は時おり、いなかの子供とは思えないおしゃれな服を着て学校に来た。細かい花柄の、縁《ふち》にレースのついたワンピースとか、太い革のベルトにデニムのスカートとか、大人の女が東京で着るようなもの（にぼくたちには見えた）もあった。

河守の家は集落でいちばんのお金持ちで、両親は一人娘を馬鹿みたいに可愛《かわい》がっている、という大人たちの話が、いつの間にかぼくの耳にも入っていた。持っていた山が高速道路に売れたとか、父親はすっかり働かなくなったとか、そんなことも気がついたらぼくは知っていた。ということは、集落のみんながそれを知っていたのだろう。河守んところは、ちょっと違うんだと。

それでも河守亜菜は仲間外れになんかならなかった。そもそも誰かを仲間外れにする、という発想がぼくたちになかったたし、それ以上に河守自身が自分の家が裕福だとか、服が綺麗だとかいったことに無関心だった。河守は親が大枚をはたいて買ったであろう服で飛び回っていた。ふわふわしたフードのついたコートを着たままスキの中でイナゴを追いかけ回し、英語のマークが書いてある靴で池の中に入って仁王立ちしていた。女子同士で、お互いに好きな服を交換したりもしていたらしい。それが経済的な意味での等価交換でなかったことだけは確かだ。

いくら十四人いっしょに遊ぶといったって、寒かったり風が強い日なんかは、女子は教室の中で遊びたいといったりしたけれど、河守は校庭に出るのが好きだった。男子よりも誰よりも早く外へ駆け出していった。あとからぼくたちが追いかけて表に出た時には、彼女はもう校庭の真ん中でボールを持って立っていた。

今でもぼくは河守亜菜の投球フォームを、あの時のままに思い浮かべることができる。誰の真似なのか、まず必要以上に前傾姿勢になって、それから腹のところで球をため、いきなりぐるん！　と右腕を回してアンダースローを飛ばしてくる。そのとき右足がどれくらい踏ん張って、左足がどれくらい前に突き出されるか、左ひざの曲がり具合や、投げ終えた直後の右手の中指の形まで、ぼくは鮮明に憶えている。

とりわけぼくは、投球の瞬間、白いゴムボールが彼女の手を今まさに離れようとしている百分の一秒に浮かぶ、彼女の表情を憶えている。眉間に固いしわが寄り、細くて高い鼻に力が入り、鼻孔が広がって、薄い唇がへの字にぐっと結ばれる、あの懸命な表情を。山の中にある集落の日が落ちるのは早く、校庭の彼女はいつも明るいオレンジ色の中にいて、普段は背中で揺れている三つ編みにした長い髪の毛は、ときどき肩を回って彼女の喉《のど》をはたいていた。

ぼくがこんなに細かく河守の投球姿を記憶しているのは、いつもキャッチャーをやっていたからだ。キャッチャーといったら、野球を支える大黒柱……なんだそうだ。ぼくは野球はほとんど見ないし、キャッチャーをやっていたときも細かいルールは知らなかった。

そんなぼくが野球のたんびに河守とバッテリーを組んでいたのは、ぼくがいつも彼女の次に校庭へ飛び出していたからだ。河守は校庭の真ん中からぼくを見て、

「キャッチボール！」

と叫ぶ。ぼくは河守の前に立って、彼女のボールを受け、ひょろひょろ球を投げ返す。そうしているうちにみんなが集まって、ぼくがそのときたまたま立っていた場所の前が、その日のホームベース、ということになるのだ。だからぼくたちの「野球場」は、その都度ちょっとずつ場所がずれていた。生徒は少ないのに校庭はすごく広かったから、そんな雑な場所取りをしても、上級生から文句をいわれたりすることは

なかった。

河守はウォーミングアップのためにキャッチボールの相手が必要で、自分のすぐあとに来るやつなら、その相手は誰でもよかったはずだ。そしてキャッチボールの相手は自然とキャッチャーということになって、バッテリーが組まれて、当然その二人は同じチームになる。河守が一方のピッチャーなら、相手チームも彼女に見合ったピッチャーが必要になって、それはまず和田トマトだということでぼくたちの評価は一致していたから、そこから相手チームのバッテリーも決まり、つまりぼくたちはいつも、同じバッテリーの二チームに分かれて野球をした。

それはぼくにとって幸運だった。なぜなら、そもそもぼくが河守のすぐあとに続いて校庭に出ていくのは、河守とバッテリーが組みたいためだったのだから。別に彼女の投球に惚《ほ》れこんだわけじゃない。ぼくは四年生になるころには、はっきりと彼女のことを意識していた。

2

小四坊主が異性を意識するなんてちゃんちゃらおかしい。たかが知れている。今のぼくはそう思う——そう思うことで、なんとか自分の傷を軽くしようとしているのかもしれないが——けれど、当時のぼくにとってそれは真剣な感情であり、恋だった。

背が高くて親が金持ちで、いい洋服を着てはしゃいでいたのだから、河守亜菜は目立つ存在だった。けれどもクラスの中で人気のある女子というわけではなかった。さばさばした男まさりの性格だったから、みんなと馴染んでいたけれど、そうでなかったらどうなっていたかは判らない。いなかでも都会でも、目立つ人というのは集団の中で決して優遇される存在ではない。それにぼくたちのクラスには、別に好かれる女子がいた。勉強ができて世話焼きで、でも控えめで、いつもにこにこしている無口な子だ。そういう性格の子が好かれる。河守には、ほかの子がちょっと気圧《けお》されるようなところがあった。

しかしこういうことは、すべてみんなが大人になってから話しているうちに判明したことだ。小四だったぼくはクラスの子たちが河守をどう見ているかとか、彼女がクラスの中でどういう位置にいるかなど、考えもしなかった。一番綺麗で一番明るいんだから、一番好きだというだけだった。

もちろん、そんな気持ちでいるだなんてことは、クラスのみんなにはいえなかった。野球のバッテリーを組むほかは、ただちらちら河守のいる斜め後ろの席——席順は身長の高さで決まっていて、ぼくは男子の中で二番目に背が高かった——を見るくらいしかできなかった。野球をやるのは週に一度か二度だったし、バッテリーといったって、ふたりの間でサインが決めてあるわけじゃなし、決めたところでぼくはどれがカーブでどれがストレートかも判らない野球オンチ、河守だってサイン通りに投げられるほどには野球を極めているわけじゃなかった。ただ彼女の投げたゴムボールが、ぼくの手の中に収まるというだけだ（それだけだって、ほんとうは少しくすぐったいような気持ちのすることだったけれど）。彼女にとってぼくが、特別な男子というわけじゃないことは、幼いながらも理解していた。

毎日、みんなと同じように遊ぶだけ。それだって楽しかったんだから、満足すべきだったのかもしれないが、やっぱりぼくは、できることなら彼女の家に遊びに行ったり、二人で遊んだりしてみたかった。

その願いがいきなりかなった。夏休みに入るちょっと前のことだ。

四年生から、夏休みの宿題に「自由研究」が加わることになった。担任の和田まゆみ先生（先生も集落の人で「和田」の一人だった）がいうには、なんでも自分が興味を持ったことについて、夏休みを使って調べたり、観察したりするのが自由研究だとのことだった。

みんなそれぞれ、何を自由に研究したらいいか判らなくて困っていた。大半の生徒たちが自分の家の仕事に関係のあるテーマを研究することにしたらしかった。農家の子は植物の成長の観察日記をつけたり、お店の子はお店の仕事をまとめたりすれば、充分に自由研究になるみたいだった。

ぼくのお母さんは市役所で働いている。そんなのなんにも面白くない。おばあちゃんは畑をやっているけれど、畑仕事というのは、見ているぼくにとってはあんまり興味がわくようなものじゃなかった。ひと月も研究するんだったら、何かもっとわくわくするような、ドラマチックなことを調べてみたかった。

そこで思いついたのが、和田ラーメンのお兄さんの林太郎さんだった。和田ラーメンの家にゲームをやりに行ったとき、ぼくは帰ってきたお兄さんをつかまえて、声をかけた。

「先輩」林太郎さんは中学一年生になっていた。

「何？」

「夏休みの自由研究にね、へーけのまつえーのこと、やりたいんだけど」

「ナニッ？」

林太郎さんはとたんに、わざとらしく引き締まった顔を作り、笑顔でぼくを睨《にら》みつけた。

「その話どこで聞いた」

「どこって、先輩がいっつもいってるんじゃないか。この集落はへーけのまつえーだって」

「ぬぬぬー。捨ておけぬー」

林太郎さんはそういうと、左の脇腹に手を当て、そこから見えない刀を抜いて、ぼくに振り下ろした。

「うぎゃー、やられたー」

ぼくは胸のあたりに手をあてて、畳の上に倒れた。

一回は斬られたフリをしてあげないと、林太郎さんはちょっと機嫌が悪くなる。斬られる意味がよく判らないのも、毎度のことだった。

「ここに昔から住んでる人は、みんなへーけのまつえーなんだよ」

ぼくを斬って満足した林太郎さんは、けろりとしてそういった。

「それはいつも聞くんだけど」ぼくも立ち上がった。「それって、なんなの?」

和田ラーメンはぼくたちの会話に無関心みたいで、ひたすらゲームを進行させていた。

「さむらいだよ」

これもいつもの説明だ。

「なんのさむらい？　どっから来たの？　どんくらい昔？」

ぼくが重ねて尋ねると、林太郎さんは大げさな腕組みをして、

「だからあ、むかしぃ、げんぺーのかっせんがあってぇ」

「それって何」

「かっせんっていうのはぁ、いくさのこと。それでぇ、ちりぢりばらばらになってぇ」

「なんでばらばらになったの？」ぼくはちょっと前のめりになった。「なんでいくさで、ばらばらになるの？」

すると林太郎さんは、どんどん子供っぽい顔になって、

「うーん」と首をかしげた。「そういうのは、判らない」

「えー」がっかりだった。「そんだけなのー？」

「だってぼくだって、それっきゃ知らないんだもん」林太郎さんはいった。「聞いたことあるけど、難しいんだよ、おじさんの話は」

「おじさんがいるの」

「ヨシオさんが、とっても詳しいんだよ」林太郎さんはそういうと、ちゃぶ台にあっ

た大福をぱくっと口に入れた。「河守さんとこの、おじさん」

「え」とたんに身体が硬くなった。「河守さんて、あの」

「そうそう」林太郎さんは口から大福の粉を吹き出しながら、頷いた。「おまえらと同じクラスにいるでしょ。あの子のお父さん」

「河守のお父さんが、へーけのまつえーを知ってるの」

「っていうか、ほかの人はあんま知らないみたいなんだよ」林太郎さんはいった。「誰に訊いても、なーんにも知らない。ヨシオさんは研究をしているから、難しいことをいっぱい知ってるんだよ」

「へえー」

「訊いてみればいいんだよ、ヨシオさんに。なんでも教えてくれるよ」

「はあ」

ぼくの顔は多分、赤くなっていたと思う。河守亜菜のお父さん、と聞いただけで、自分の鼓動が速くなるのが判った。

「自由研究、いいと思うよ、それ」林太郎さんは先輩っぽい口調でいった。「なかなかだよ。調べたらぼくにも教えてほしい。あんな話、ちらっと聞いただけじゃ判んないから。ちゃんとメモとってさ。まとめてさ。自由研究だから、そういうのやるだろ」

「うん……」ぼくは急に口数が少なくなった。「だけど、知らない人だから……」

「知らなくないだろ。同級生だろ？」

「同級生だって、家なんか行ったことないもん」

「そうなの？」林太郎さんはぼくの態度がおかしくなったことになんか、全然気が付いていなかったと思う。「じゃぼくが連れてってやるよ。明日行こう」

「え、明日！」ぼくはぎょっとした。心の準備ができていない。「だってまだ、夏休みになってないのに」

「そんなの関係ないだろ」林太郎さんは無神経だった……ありがたいことに。「明日、行くからね。学校終わったら、校門で待ってて。──あ！」

林太郎さんは急に、和田ラーメンがやっているゲームの画面を指さして叫んだ。

「もうレベル30いってる！　おれまだレベル6なのに！」

3

その夜は眠れなかった……ような気がするくらい、小学校四年生にとってはおそくまで、多分夜の九時半くらいまで目が冴《さ》えてしまった。

学校へ行っても、自分がドキドキしているのか、ぼんやりしているのかすら、はっきりしない感じで、先生に指されてもうまく答えられなかったし、ドッジボールでは最初にボールをぶつけられた。河守の顔は全然見ることができなかった。

放課後になるのがちょっと怖い気がした。でも放課後はやってきた。林太郎さんは校門の前で腕組みをしてぼくを待っていた。その態度だけでもなんとなくおっかなかったのに（いつもの林太郎さんは気のいい、優しい人だ）、林太郎さんはぼくの顔を見るなり、とんでもないことをいった。

「昨日ヨシオさんに電話したら、いつでもおいでって」

「えっ」ぼくは絶句した。

「今日行きますっていっておいたから、待ってるよ」

じゃあ、河守はぼくが今日、彼女の家に行くことを、知っていたのか。ぼくはそれから一日じゅう、自分が何かずるい隠しごとをしていたみたいな気持ちになった。……河守に嫌われたんじゃないだろうか。嫌なやつと思われたんじゃないだろうか。

それだけじゃなかった。いよいよ河守の家に行かなきゃいけなくなったなあと思っていたら、後ろから和田ラーメンが走ってきた。

「よーし、行こうぜ」

「お前も行くのっ」ぼくは思わず甲高い声で叫んでしまった。

「行くっていってたでしょ」和田ラーメンはびっくりしたみたいに答えた。「そんなぼくも行くって、昨日もいったし、さっきもいったじゃん」

そんなこといってたなんて、まるで覚えがなかった。和田ラーメンだけじゃなく、昨日から今日、誰かとまともに言葉を交わした記憶が全然なかった。

だけど考えてみれば、今日の話は和田ラーメンの家で彼のお兄さんが、彼のすぐそばで決めたことなんだから、和田ラーメンが知っているのは当たり前だ。しょうがないからぼくは、和田の兄弟と並んで歩いた。人数が多いのは、少し気が楽になることでもあった。

河守の家がどこにあるかは知っていた。集落の人間ならみんな知っている。それはバスの終点から少し山へ入ったところにあって、バスからも学校の帰り道からもよく見えた。大きな土蔵のある、新品に建て替えられた日本家屋だった。松の木が楕円形の頭を上から覗かせている漆喰《しっくい》塀をずーっと歩いていくと、角のところに正門があった。まっさらで巨大な正門には、いい匂いのする木の板に、でっかい金の鋲《びょう》が打ってあった。林太郎さんは平気でドアホンを鳴らした。大人の声がして、大きな門の脇の小さな門が開いて、お手伝いさんみたいな女の人が、どうぞ、といって中へ入れてくれた。門から玄関までは平べったい石が並んでいて、その周りには植木屋さんがまん丸に刈り込んだ、大きな植木が並んでいた。

玄関を入ると、ここに馬でも飼ってるんだろうかってくらい広々した土間があって、上がり框《がまち》には木彫りの龍が、上を向いて何か叫んでいた。あれ多分、等身大の龍だと思う。

「いらっしゃい」

外国の人かと思った。土間から小学生が見上げているためもあって、頭が天井にぶつかっちゃうんじゃないかと本気で心配した。ほっそりしていて足が長く、ぎょろ目で色が黒かった。そしてどことなく河守亜菜に似ていた。

「君が鳴海君か。河守善男《よしお》です。いつも亜菜がお世話になってます」

大きな口でにっこり微笑《ほほえ》みながら、しっかりした声で挨拶《あいさつ》のお手本みたいなことをいっているのに、不自然なところが全然なかった。

「君のお母さんとは、幼馴染みなんだよ。年はぼくの方が上だけど」

「ハ、ハイ」

ぼくは訳も判らず、ただ圧倒されて頭を下げた。善男さんと幼馴染みだなんて、お母さんはいったことがなかった。

あ。ぼくはそこで気がついた。河守の家に行くことを、お母さんにもおばあちゃんにも告げていない。

まあ、わざわざいうようなことじゃないか。ぼくは和田兄弟と一緒に靴を脱いで、善男さんのあとについて長い廊下を奥まで歩いた。

「あ」

今度は声が出てしまった。廊下の途中にある障子が半分開いていて、そこに河守亜菜がこっちをじーっと見て立っていたからだ。

「こんちは」

河守はそういって、ぷっと笑い、すぐまた真顔に戻った。

「こんちは」

ぼくもそれしかいうことが思いつかなかった。善男さん、林太郎さん、ラーメン、ぼく、の後ろに河守がついてきた。

廊下のつき当たりに木のドアがあって、その先が善男さんの書斎だった。

細長い西洋風の押し上げ窓がひとつと、天窓から庭の光が差し込むほかは、あたり一面本だらけだった。陽光に室内の埃《ほこり》がたえず舞っていたけれど、押し上げ窓が開いていたせいか、匂いは埃っぽくなかった。

本がなかったらどれくらいの広さの部屋なのかは判らなかった。押し上げ窓の手前に大きな木製の勉強机（大人のやつ）があって、机の上にも下にも本が積み重なっていた。机と入り口のドアのあいだに六畳くらいの空間が作ってあって、そこに古いソファがふたつ、机に向かって扇形に置いてあった。空間の真ん中にはテーブルがあった。

「君たちが来るというんで、急遽《きゅうきょ》片付けたんだ」善男さんはそういって笑った。「ありがたいお客さんだよ。こんなことでもなければ、散らかり放題だからね。さあ、どうぞ座って」

「失礼します」

そういって林太郎さんが左側のソファに座り、すぐうしろにいたラーメンがその隣に座った。すると左側のソファは、あと子供一人くらいだったら座れる、くらいのスペースが残った。だからぼくも同じソファに座ろうとしたのだ。それなのに善男さんが、

「いやあ、窮屈に座ることないよ。こっちにお掛けなさい」

と右側のソファを指したので、しょうがなくぼくはそっちに座った。右のソファには誰より先に、河守が座っていたのだ。ぼくは、できるだけ河守と離れた端っこに座

った。

ドアが開いて河守のお母さんが、ジュースとお菓子を持ってきてくれた。お母さんは授業参観なんかで見たことがある人だったけど、お父さんの善男さんを見るのはこの日が初めてだった。考えてみればそれは、ちょっと不思議だ。東京からこの集落に来て、もう何年にもなる。ここに住んでいる人はだいたい見かけている。同級生の両親ならなおさらだ。もしかしたらこの時点で、同級生の親で見たことがなかったのは、善男さんだけだったかもしれなかった。……ああ、もちろん、ぼく自身の父親は別にして。

「遠慮なく食べてね」

品が良くて線の細い感じがする河守のお母さんは、そういうと自分も部屋の隅から丸椅子を出して腰をおろした。

「法子《のりこ》も聞くか」

善男さんは、話を聞く態勢になった河守のお母さんを見て嬉《うれ》しそうにいった。自分の奥さんを「母さん」とか「おい」とかじゃなく、名前で呼ぶのも、いなからしくない、外国風の印象で、ぼくは意味もなく照れ臭くなった。

「いっぺん、しっかり聞いておこうと思って」法子さんも微笑んでいた。「あなたの研究のこと、なんにも知らないから」

「よし」善男さんはそういって、ぼくを見た。「じゃあ、始めよう。夏休みの自由研究に、集落の平家伝説を調べるんだってね」

「はい」ぼくの声は小さかった。「だけど、これじゃまるで、学校の授業みたい……」

「ほんとだねえ」善男さんは声をあげて笑った。「鳴海君は気が散るかもしれないが、ぼくにとっては好都合だ。これならみんなに、いっぺんに話して聞かせられるからね。この伝説については、集落の人たちもあんまり知らない。これを研究しているのは、ぼくと、ぼくの死んだ父親だけで、ぼくの研究もまだ途中だからね。そのうちにどこかで発表しようと思ってはいるんだけど、かんじんなところが、まだはっきりしていないんだ」

善男さんはそういいながら、くるりと椅子を回して、机の上から小さな古い本を取り上げた。

「これはぼくの父親が作った本なんだけど、平家伝説については、これからというところで終わっている。ぼくはこの本の先を研究していて、その研究はまだ終わっていない。途中経過しか話せないけど、それでいいかな？」

「はい……」

ぼくはそう答えたけれど、ほんとは判っちゃいなかった。当たり前だ。善男さんはまだ、なんにも話していない。それでもぼくは一応、ランドセルから鉛筆と国語のノートを取り出して、膝の上に置いた。

「小学四年生だから、まだ歴史はあんまり習ってないね。だからできるだけ簡単に話をしよう」善男さんは語り始めた。「昔むかし、千年くらい昔、日本の中心は京都にあった。京の都はそれはそれは華やかで、みかども住んでおられたし、貴族が政治をしながら、外国の学問を学んだり、和歌を詠《よ》んだりしていた。文化はとても進んでいた。

けれども、それはあんまり、みんなに平等な社会じゃなかった。偉い人が一人いると、その人の兄弟とか親戚とか、結婚して親戚になった人とか、そんな人たちばっかりがいい暮らしをして、いばっていた。一番いばっていたのは、『平《たいら》』という名字の一族だった。平という字は『へい』とも読むから、みんな平家と呼んでいた。平家はどんどん役人の高い地位を自分たちのものにして、ほかの一族を見下すようになった。それでみんなが怒って、平家を潰《つぶ》してやれ、ってことになった。

平家をやっつけようとした人たちの中でも、一番勢力があったのは『源《みなもと》』という名字の一家だった。源は『げん』とも読むから、こっちは源氏だ。平家は京都だから西で、赤い旗、源氏は鎌倉《かまくら》の東で、白い旗を持って戦った。

ぼくたちの住んでいるこの集落は、西でも東でもない。どっちかっていうと東に近い。だから源氏の陣地じゃないかと思うだろう？　ところが、そうじゃないんだ。源氏と平家は、日本国中でいくさをしたんだね。そして平家は弱かった。平家は、ちょっと前までひらひらした着物を着て、鞠《まり》を蹴ったり、お酒を飲んだりばっかりしていた貴族なのに、源氏は普段から馬に乗って弓を引いて、刀を振り回す乱暴者だったから、最初から勝ち目はなかったようなもんだ。

乱暴者にやっつけられた平家のさむらいは、どんどんやられていった。昔のいくさでは、一番えらい大将が殺されちゃえば、その下で戦っていた連中はばらばらになる。日本全国のあっちに少し、こっちに少しと、負けた平家が逃げて、隠れて、その土地に残ったんだ。そういうさむらいを、落武者という。

この集落にも平家の落武者がやってきた。平家の落武者は、いくさみたいな乱暴なことは、あんまり上手じゃなかったけど、品はいいし、物知りだった。この小さな集落は、平家の末裔《まつえい》がみんなで協力して、目立たないけど立派な人間の集まりにしたところなんだよ」

「はい」と法子さんが手を挙げて、指される前に質問した。「ここに平家のおさむらいさんが来たっていうのは、どうして判るんですか」

「いい質問ですね」善男さんは笑顔で答えた。「平家の落武者というのは、いくさに負けて逃げた、ということだから、あんまり人に大っぴらにできることじゃない。源氏に知られたら、殺されてしまう。ここは山道の行き止まりみたいな集落で、つまり隠れ里になるからこそ、平家が落ち延びられたわけだ。だから、平家の人がここに隠れることにしました、なんてことが、昔の記録や何かに残っているわけじゃない。土地の人も秘密にしていたんだろう。

ただ、記録じゃない証拠は、いっぱいあるんだ。ぼくは今、それを集める研究をしている。いろいろな平家特有の文化と、この集落には、いろんな共通点があるんだ。風習や、お祭りや、食事や、年中行事なんかにね。そういうのも、そのうち教えてあげるけど、今日は一番判りやすい証拠を教えよう。君たち」

善男さんはいきなり林太郎さんと和田ラーメンに顔を向けた。

「君たち兄弟の名字は、なんていう？」

「和田です」林太郎さんが答えた。

「亜菜のクラスの担任の先生は？」

「和田先生」河守が答えた。

「小学校で一番多い名字は？」善男さんがそういって僕を見たので、

「和田です」と答えた。

「この集落には和田姓がとても多いんだ」善男さんはいった。「集落全体の半分近くが和田だ。和田というのは全国的に多い名字だし、小さい集落に同じ名字の家がたくさんあるのは、珍しいことじゃない。だけどね、これはぼくの父親が調べたことだが、この集落の外に出ると、和田という名字はむしろぐっと少なくなるんだよ。県内全域を見ると、和田という名字は全世帯の二パーセントにも満たない。和田が集中しているのは、この集落だけなんだ。

そしてここの和田家は家紋もすべて同じ七曜《しちよう》だ。家紋がある、ということだけでも、この集落が貴族か武家を祖先に持っていることを示している。しかも七曜というのは、桓武《かんむ》平氏から派生した和田家特有の家紋なんだよ。ここまで、判ったかな？」

「はい……」

そう答えたものの、ぼくには途中から、完全にちんぷんかんぷんだった。ノートもろくに取っていなかった。人から話を聞いてメモを取るなんて、やったこともなかった。

「ちょっと難しかったかな」善男さんはぼくの当惑を見破っていた。「いっぺんに、あんまりたくさん勉強しようとしたって、できるもんじゃないね」

「和田ってさむらいなの？」和田ラーメンが訊いた。「お兄ちゃんのいってたの、ほんとだったの？」

「ああ本当だよ」善男さんは頷いた。「とっても栄えた一族だったんだ。みんな立派なさむらいだった。立派なさむらいっていうのは、乱暴をしない、嘘をつかない、ひるまない、そういうさむらいのことだ。君たちもご先祖様みたいに、立派なさむらいにならなきゃいけないよ」

「はいっ」林太郎さんがソファに座ったまま背筋を伸ばして答えた。

それを見た河守亜菜がにやーっと笑って、となりのぼくを肘《ひじ》でつついた。つつかれたその感触を、ぼくは今でも憶えている。お母さんやおばあちゃん、クラスの女子たちと手や身体が触れあったことはそれまでにだってあった。河守とだってあった。だけど異性の感触を、あんなに強く意識したことは、それまでになかった。心臓がどきどきして、河守の肘があたったあたりが、あったかくなったような気がした。

「だけど……」法子さんがまた質問した。「和田さんが多いのは判ったけど、どうしてその、ナントカ平氏が和田になったの？　和田は平家なの？」

「平家の一人が、相模《さがみ》の国、今の神奈川県の三浦《みうら》半島のあたりに領地を持っていて、そこに和田っていう地名があったんで、それを名字にしたんだ。だからルーツはおんなじなんだよ。それに和田になってからも、一族は平家と一緒に戦った。それはね……」

善男さんはそこまでいって、ぼくの顔を見て言葉を切った。ぼくはきっと、困り果てた表情をしていたんだろう。

「まあ、今日はあんまりいっぺんに詰めこまないようにしよう。鳴海君は今日の話を整理して、ノートを作ったらまたおいで」

じゃ、今日はこれでおしまいだ。ぼくはホッとして立ち上がった。

「そうだ」善男さんは机の上にあった本の一冊に目をやって、帰ろうとしていたぼくを呼び止めた。「今度来る時までに、宿題をひとつ出しておこう」

善男さんは机に向かって、レポート用紙を一枚はぐって、万年筆でさらさらと何かを書いて、それをぼくに渡した。

「それがなんだか、今度までに調べておいで。その話をするからね」

「はい。……ありがとうございました」

ぼくは渡された紙に書かれた文字を見た。横罫のレポート用紙に、縦にしっかりした字で書かれていた。難しい漢字だらけだったけど、その全部にふりがながふってあった。ところが、そのふりがなをたどって読んでも、まだ意味が判らなかった。

行《ゆ》き暮《く》れて木《こ》の下陰《したかげ》を宿《やど》とせば
花《はな》や今宵《こよひ》の主《あるじ》ならまし

4

なんの気なしにへーけのまつえーを自由研究にするなんていっちゃって、とんでもないことになったなあ、と思いながら、家に帰っておばあちゃんに善男さんの書いたものを見せると、夕飯の支度をしていたおばあちゃんは、

「あー。それ、有名な和歌だよ」

といった。

「ワカって何?」

「和歌は和歌じゃないか。五七五七七」

「なんだよそれー」

おばあちゃんは面倒臭そうに、「行き暮れて」で五文字、「木の下陰を」で七文字

……という具合になっているのを教えてくれた。

「へーえ」ぼくは文字の数を確かめて、その通りになっているのに感心しながらいった。「それで、これはなんなの？」

「だから有名な和歌なんだってば」

「有名だってぼく知らないもん！　なんで有名なの？」

「知らないよそんなこと。みんな知ってるから有名なんだよ。有名になったらそんなもん、どこの誰が作ったのなんのなんて、関係なくなっちゃうんじゃないの？　火ぃ使ってるからあっち行ってなさい！」

しょうがないからそのあと帰ってきたお母さんに見せたら、お母さんはそれが有名だということも知らなかった。こんな和歌見たことないと、きっぱりした口調で答えた。

「二人とも、学がないなあ！」

ぼくがそういうと、おばあちゃんとお母さんは、顔を見合わせて大笑いした。

「なーにいってんの、生意気に！」

「学がないなんて言葉、どこで覚えてくんのかねえ。子供のくせに！」

そんなことを二人でいい合って、ひとしきり笑ってから、

「どうしたの、それ」とお母さんが訊くので、

「夏休みの自由研究」と答えたら、

「和歌の研究なんかするんだ。ますます生意気ー」といわれた。

「違うよ。へーけの研究だよ」ぼくはいった。「ここらへんに住んでる人は、みんなへーけなんだよ、知ってた？」

それを聞いたお母さんとおばあちゃんは、笑顔でなくなった。

「智玄は、どうしてそんなこと知ってんだ」おばあちゃんが静かにいった。

「聞いたんだよ」

「誰に」

「河守のお父さんだよ」

「やっぱり！」

お母さんとおばあちゃんの声が揃《そろ》った。

「ヨシオ君、まーだやってんだ」お母さんがいった。「暇だネエ」

「ほかにやることもないんだろ」おばあちゃんがいった。「黙ってたって金の入ってくるご身分だもの。山が売れたんだろ？」

「高速道路。だけどあれ結局、造らないらしいのよ。今日市役所で聞いたんだけどね

「……」

「ごちそうさまー」

河守んちの話になると、いつもぼくをほったらかしにして、うわさ話が始まってしまう。どうせ和歌のことはなんにも知らないんだし、学のない人たちは相手にするだけ無駄だと思って、ぼくは自分の部屋に戻り、善男さんから聞いた話をできるだけ思い出して、自由研究用に新しくおろしたノートに書いていった。

次の日の昼休み前、ぼくは和田先生に、善男さんの書いた和歌を見せた。

「これ、知ってるんだけど、なんだったっけかな」先生は正直だった。「これはね、確かかね、平安時代の歌だと思うけど」

「和歌だよ」ぼくは訂正したつもりだった。

「和歌のことを、歌っていうのよ」先生は教えてくれた。「これ、どうしたの？」

「自由研究です」

「夏休みの自由研究に、こんな難しいのやるの？」

「まだ秘密」

「そう。ちょっと時間くれる？　高橋《たかはし》先生だったら判るかもしれない。訊いておくから」

高橋先生は大学の文学部を卒業した先生だから、国語は専門だ。和田先生は美術学校を出て先生になったから、ほんとにくわしいのは図画工作ばっかり。そんな話を授業のときに、自分から和田先生がしたことがあった。

その日の放課後、髪の毛がぼさぼさで眼鏡《めがね》をかけている高橋先生が、四年生の教室に入ってきた。

「鳴海君、ちょっとちょっと」

声が大きくて、嬉しそうだった。

高橋先生はぼくを、図書室へ連れて行った。

「行き暮れて〜木の下陰を宿とせば〜」でかい声だった。「花や今宵の〜あるじならまし〜」

大人が宴会で酔っ払ったときに歌う歌みたいな調子だった。

「先生はこの歌が大好きだよ」高橋先生はいった。「だけど、この歌の良さが判ったのは、四十を過ぎてからだ。鳴海君はよくこんな歌を知ってるなあ」

「なんにも知らないんです」ぼくはいった。「この歌だけ教えてもらって、なんだか調べてきなさいっていわれたから。有名な和歌だってことだけ判りました。和歌は五七五七七です。それだけ知ってます」

「意味は判る？」

「判んないです」

「じゃ、書いておきなさい」先生はぼくにノートを出させた。

「いいかい……。旅の途中で日が暮れて、桜の木の下で野宿でもすることになったなら、さしずめ今夜の宿のご主人は、桜の花ということになるなあ……、という意味だ」

「さしずめ、って？」

「結局、ってこと」

ぼくは高橋先生に、何度も意味を繰り返してもらって、ノートに書いた。

「どんな人が作ったんですか？」

「これはね、平安時代の人で、平忠度《たいらのただのり》という人が作った歌なんだ」

「ただのり？」ぼくはノートにそう書いて、笑ってしまった。「タダノリだってー。へんなのー」

「そうなんだ」先生は真面目《まじめ》な顔で頷いた。「忠度は薩摩守《さつまのかみ》だった。今の鹿児島県の、まあ県知事みたいなもんだな。薩摩で一番えらい人だ。それだもんだから、今でも電車やバスで無賃乗車する人のことを、薩摩守っていうんだよ。ただ乗りだから。気の毒だよなあ。名前をダジャレにされちゃってなあ。……そんなのはノートに書かなくてもよろしい」

「どんな人なんですか？」

「平清盛《きよもり》は知ってるか？　知らないか。とにかく清盛の弟だよ。平安時代の、武将だ。『平家物語』に出てくる」

「武将って、さむらい？」

「まあそうだ。けれども、武将としてより、和歌がうまいんで有名だった。『平家物語』でも、和歌の話でばっかり登場する。その歌も、有名なエピソードの中に出てくるんだよ」

そして高橋先生は、のちにぼくも読むことになる、『平家物語』の「忠度最後」の場面を、芝居気たっぷりに語ってくれた。

「一《いち》の谷《たに》の合戦で、いよいよ平家は追い詰められた。忠度は敵の郎党に取り囲まれて、味方はみんなちりぢりばらばらだ。しかし忠度は勇敢で強かった。敵をひきいていた奴に向かって、ばっさばっさと斬りかかる。ところが敵は兜《かぶと》をかぶっているから刀が通らない。何クソやられてなるものかと、敵の首をおさえて斬ろうとしているところへ、郎党の一人がザバアッ！　忠度の右腕を斬り落とした。それでも忠度少しも騒がず、『もはやこれまで。最後にお経を唱えよう』と、西に向かって大声で、光明《こうみよう》遍照十方世界《へんじょうじっぽうせかい》、念仏衆生摂取不捨《ねんぶつしゅじょうせっしゅふしゃ》と、唱え終わるか終わらぬかに、敵はバッサリ忠度の首を斬ってしまった。こうして薩摩守忠度はあえなく最期を遂げたのだ」

――小学四年生に、こんな話が理解できたのか？　もちろんできた。子供は面白いとさえ思えば、どんなことでも理解できる。今でもぼくはこの話を忘れていない。同じころに見た戦隊ヒーローもののストーリーを、一度見ただけなのに忘れていないのと同じだ。

「さあ敵は、大物を倒したに違いないとは思ったが、しかし誰だか判らない。鎧兜《よろい》を脱がせたり、いろいろ調べてみたあげく、弓矢を入れる箙《えびら》に紙が結んであって、これを開いて見たところ、出てきたのがこの歌だ。行き暮れて、木の下陰を宿とせば、花や今宵の主ならまし……。名前も書いてあったので、ああそれでは、これこそがあの名高い大将軍、武芸にも歌道にも秀《ひい》でた薩摩守であったのか。昔のさむらいは敵でも立派な人には敬意を惜しまなかった。敵も味方も英雄の死をいたんで、涙をこぼしたということだ……。おしまい」

高橋先生は思うさま語りきって、うっとりと目を閉じた。

と、廊下のほうからパチパチパチ……と拍手の音がして、高橋先生は真っ赤になって目を開き、ぼくは振り返った。

和田先生と河守亜菜が廊下から開いた窓越しに聞いていて、ぼくたちと目が合ったとたん笑い始めた。

「高橋先生、なにやってんのー」河守はケラケラと、身体をよじって笑っていた。

「時代劇みたいー」

「すごく良かったですよ！　勉強になりました！」といいながら、和田先生も笑いを止められないみたいだった。

「褒《ほ》められているようには思えないですねえ」高橋先生は照れ笑いをしていた。

「本当に褒めています」和田先生はそういいながら図書室に入ってきて、ぼくを見た。「鳴海君、その歌、河守さんのお父さんから教わったんだってね」

ぼくは頷いた。

「河守さんがね、夏休みの自由研究に、鳴海君と同じテーマをやりたいんだって」

河守は和田先生のスカートの後ろに隠れるようにしながら、ぼくのことをじっと見ていた。

「だからそれ、河守さんと二人の共同研究でやらない？　二人で調べたほうが、いろんなことがたくさん判ると思うよ。どう？」

ぼくは座ったまま、石みたいに固まってしまった。

第三章

ホテルの朝食を早めにすませてチェックアウトし、ローカル線に揺られて、最寄り駅から集落に向かうバスに乗った。

もしかしたら、和田ラーメンが乗ってくるかもしれないと、少し待つ気分でいたけれど、やっぱり乗ってこなかった。今日はまだ二十日だ。和田ラーメンは早くても、今夜まで東京を出られないのだろう。

あの日は、二十二日に来る。

集落に向かうバスに、誰か知った人が乗ってくるんじゃないかと思っていたけれど、いないようだった。車内はがらがらだった。途中の民家近くで降りるらしい、地元風のおじいさん、おばあさんと、明らかに温泉目当ての、若いカップルの観光客がひと組、それだけだった。

ぼんやり座って出発の時刻を待っていると、運転手がわざとらしいような靴音を立ててステップを上がり、運転席に入る前にぼくを見て、軽く手を挙げて微笑みながら、会釈《えしゃく》した。

麻生《あそう》という男だった。小学校の二年後輩で、家も比較的近かったので、あの頃はよく一緒に遊んだ。

ぼくは思わず立ち上がり、前方の、運転席の横の座席に移った。

「久しぶりだなあ」

麻生は運送会社でトラックを転がしていると、誰かに聞いたことがあった。地元に帰って転職したのか。——しかし麻生はにやにやしながら、

「発車いたします」といって、ドアを閉めた。「運転中のドライバーには、お話しかけにならないよう、お願いいたしまぁす」

そしてぼくの方をちらっと見た。ぼくは噴《ふ》き出しそうになりながら、彼と同じようにわざとらしく、運転席から顔をそむけて外を見た。

市街地を抜けると、ゼネコンが地元の政治家と結託して造った、無駄に広々した国道の向こうに雑木林が続く。時おりその向こうに畑や、住宅街や、あか抜けない巨大なショッピング・センターが現れる。見上げれば空の手前に電信柱と電線が延々と続いている。それだけの中を、誰も乗り降りしない停留所を告げる録音されたアナウン

スだけが響くバスが走る。日本のいなかに風景なんかない。ところどころに観光客を目当てに保護された「景観」があるだけだ。

　思った通り、おじいさんとおばあさんは道の駅に近い停留所で降りてしまい、カップルは後ろの席で眠ってしまったようだった。

「次は、曲がり松〜、曲がり松〜」

　録音ではなく、麻生がハンドルを握りながらアナウンスした。

「鳴海家〜、麻生家にお越しの方は〜こちらでお降りください〜」

　ぼくはクックック、と笑いながら、降車ボタンを押した。

「次、停まりま〜す」

　停留所に停車し、ぼくが立ち上がって料金を払っている時も、麻生はドアを開けなかった。そして、

「今年は早いですね」と、自分から話しかけてきた。結構な大声で。「年越しですか？」

「いやあ、火曜日には帰るよ」

「そうなんですか？　あらー。俺、明日っから夜行バス転がさないといけないんすよ。鳴海さん来るんだったら呑みたかったなあ。みんな来るんでしょ？」

「別に来ないよ」ぼくは苦笑した。「ただ帰ってきただけだから。ラーメンは来るらしいけど」

「じゃ十勝食堂だ。俺も行きますよ。今夜でしょ」

「明日じゃないかな」

「へえー。法事か何かですか？」

「お前、いつまでバス停めてんだよ」

「吞みたいなあ」

早朝の勤務中にそんなことをいっていた麻生の笑顔は、ドアを開けたとたんに、わずかにこわばった。

開いたドアの外から冷気とともに、音が聞こえてきたからだろう。

ぼくもその音のする方を見た。

ぐぅーん……。ぐぅーん……。ぐぅーん。

麻生を振り返り、できるだけ音とは無関係を装って、軽く手を振って挨拶した。けれどもぼくの手の動きは、ぎこちなくなってしまった。

麻生の笑顔は、まだ表情に少し残っていた。けれどもその微笑は、すうっと哀しみの色を帯び始めた。それはぼくへの、憐《あわ》れみのようなものかもしれなかった。

麻生は知っている。あの時、この集落にいたすべての人たちと同じように。

あの時も山は鳴っていたのだ。

1

夏休みの自由研究を河守と共同でやると決まった時、ぼくは猛烈に照れくさくて、次の日は同級生の顔も見られない……ような気がしただけで本当は見たけれど、でも内心ではそれくらい「河守と二人」というのを意識した。

河守は、ぼくの見た感じでは、しれっとしたもんだった。一学期の終業式の帰りに、

「河守、お前ほんとに、あんな自由研究でいいの？　ほかにやりたかったこと、あったんじゃないの？」

と、ぼくとしてはかなり思い切ったつもりで（何を思い切ったのかといわれたら困るが）尋ねてみた。

「あったよ」河守は答えた。「あったけど、別にそれはいい」

「何やるつもりだったの？」

「野球」

「野球の、何」

「野球の、なんか」河守は、ぼくに問い詰められたような、怒ったみたいな顔をした。「野球しか考えてなかった。だから別にいい」

当たり前かもしれないけれど、二人が共同研究をすると知っても、同級生のみんなは、へえーといっただけで、からかわれたり、冷やかされたりといったことは、全然なかった。

何をどうやって調べたらいいかなんて、思いつきもしなかった。とにかく善男さんの話を聞いて、それから考えることにした。河守もそれが楽でいいみたいだった。自分の家にいればいいんだから、確かに気楽だ。

ぼくたちは夏休みのあいだ、週に一度か二度、善男さんの書斎を訪れて話を聞いた。善男さんの話は難しいから、まず二人でおのおののノートを取りながら話を聞いて、それからお互いのノートや記憶を突き合わせて、ひとつにまとめることにした。

二度目に話を聞きに行った時から、和田ラーメン兄弟はついてこなくなった。書斎には、たまに法子さんが入ってくるくらいで、気持ちの中でぼくは河守と二人だけだった。

夏のあいだ、ぼくたちの集落と、平家との不思議な関係を、善男さんから聞いている時間、ぼくは楽しくて面白くて、しかも嬉しかった。それは河守亜菜と一緒に、同じことをする時間だったから。善男さんの話がミステリアスでドラマチックだったからでもあったけど、それは気持ちとしては、二の次だった。

「行き暮れて」の歌について高橋先生から聞いた話を、善男さんに「宿題」として伝えることから「研究」は始まった。

「よく調べたね」善男さんは褒めてくれた。「作者が平忠度で、一の谷の合戦で敗れて、死んでからこの歌が見つかった。その通り」

善男さんは机に置いてあった、薄くて古い本を取った。前に来た時にもあった、善男さんのお父さん、河守のおじいさんが書いた本だった。

「よし、それじゃあ、今日はこの本に書いてある、この歌にまつわる話をしよう。ノートに書いておくといいよ」

前の時とちがって、ぼくたちはソファではなく、テーブルの前に置かれた椅子におのおの座らされていた。テーブルを使ってノートが取れるように配慮してくれたのだろう。ぼくと河守と善男さんは、丸いテーブルをはさんで三角形を作るみたいにして向かい合っていた。

「行き暮れて、木の下陰を宿とせば、花や今宵の主ならまし……。鳴海君が調べたようにこの歌は、旅の途中で木の下に眠ることになったら、この桜の花が宿の主になるなあ、という意味になる。ここには『花』としか書いてないけど、和歌では『花』といったら、桜の花と決まっているんだ。今でも、お花見をしよう、といって、チューリップを見に行く人はいないだろう？　花は桜、というのは、魚は鯛《たい》、というのより、ずっと古くから日本人にあるイメージなんだよ。だからこの歌の『花』も『桜』のことに違いないんだけれど、実はこの歌には、ちょっと不思議なところがあるんだ」

善男さんはそういって、効果的に言葉を途切らせた。ぼくたちは二人とも身を乗り出した。不思議なことって、なんだろう？

「鳴海君も亜菜も、この歌のエピソード、つまり一の谷の合戦の話は、もう先生から聞いたんだね。『平家物語』には、もうひとつ忠度の有名なエピソードがある。一の谷で忠度は死んでしまったから、これはその前の話だ。

……平家はどんどん源氏に押されていって、後白河《ごしらかわ》法皇にも見捨てられ、とうとう京の都に住むことができなくなった。まだ六歳の安徳《あんとく》天皇をお連れして、平家全員が西の方に逃げることになった時、忠度は、どこからか京都に戻ってきて、藤原俊成《ふじわらのとしなり》の家へ行った。俊成は忠度の、和歌の先生だったんだな。門を叩いても、開けてくれない。なにしろ京都は町中が夜逃げをしているのと同じだし、追い詰められた平家の人間なんか家に入れたら、何をされるか判らない。

『忠度でございます、忠度でございます。先生にもう一度だけお目にかかりたくて、京に帰ってまいりました。開けてくださらなくても結構です、せめて御門のそばまでいらしてくださいませんか』

と、必死でお願いした。俊成は、忠度ならと中に入れてあげた。

忠度には俊成に、文字通り、一生のお願いがあったんだ。それは自分の作った歌を、和歌集に載せてもらうことだった。

なんだ、それっぽっちのこと、と思うかもしれないが、忠度はこれまでのあいだ、ひたすらいい歌を作りたいと思って、努力してきた人だ。そして今や、自分の身はどうなるか判らない。敵に斬られて山の中にほったらかしにされるかもしれない――実際彼は、そういう死に方をしてしまったが、いずれそうなることは自分でも判っていたんだ。だからせめて、自分の歌だけは残して、和歌集に収められ、認められたいと、忠度は思ったんだね。

俊成は、よし判った、引き受けましたと、忠度から歌集を受け取った。それが俊成と忠度の、最後の対面となった……。こういう話だ。ここまで、判ったかい?」

「それから、忠度は一の谷へ行って、殺されちゃったの?」ぼくはいった。

「まあそうだ。その途中にはいろいろあったみたいだけど、そういうことになるね」

善男さんはそういって、長い脚を組んだ。そのすらっとした様子は、なんだか外国のスターみたいに見えた。

「ぼくの父親は、この話には奇妙なところがある、と書いている」善男さんは話を続けた。

「忠度が俊成に歌集を渡すのは奇妙じゃない。一の谷で敵に殺されたのも奇妙じゃない。殺されたあと、美しい和歌が見つかったのも奇妙じゃない。だけどこの三つが組み合わさると、うまく説明できない謎が現れるんだ」

善男さんの低い声がそんなことをいうので、ぼくは話に引き込まれて、思わず目を見開きながら、身を乗り出した。

「藤原俊成が忠度から受け取った歌集は『平忠度朝臣集《あそんしゆう》』といって、今も残っている。百首くらいの歌があるんだけど、その中に『行き暮れて』の歌は入っていない。ほかのどの本にも、この歌はない。『平家物語』にあるだけなんだ。『平家物語』が嘘をついていて、ほんとうはこれは忠度の歌じゃないのかもしれない。でもこの歌が、実に忠度らしい作品だということは、国文学の偉い学者も認めているんだよ。忠度じゃなきゃ、こんないい歌は作れない。

けれども、これほどの歌を作っておいて、俊成に渡す歌集の中に入れなかったのはなぜだろう？　和歌集に入れて欲しいというのは、忠度の悲願だった。だから俊成には、自作の中でも出来のいい歌ばっかりを選んで渡したに決まっている。逆にいえば、『行き暮れて』ほどの見事な歌ができたなら、俊成に見せないわけがない。そう思わない？」

「ほんとだ」とぼくはいった。

けれどもすぐに河守が横で、

「それは、でも、変じゃないでしょ」といった。

「どうして変じゃない？」善男さんがにっこりと尋ねた。

「だって、そんなの……。忠度がさ、その人に歌の本を渡してさ、それでサヨナラってなって、そのあとで、いいのが出来たのかもしれないでしょ？　新作だったんじゃないの？」

善男さんは自分の一人娘をじっと見つめて、それから大きく頷いた。

「そう」善男さんはいった。「亜菜も、大きくなったなあ……。そんなことを、しっかり考えられるんだもんなあ……。そうなんだよ。『行き暮れて』の歌は、忠度が俊成に会ったあとの、新作だったはずだ。京都を出てから、一の谷で死ぬまでの間のいつか、どこかで作った歌ということになる。鳴海君も、それでいいかな？」

「はい」

「するとここで、本当のミステリーが現れるんだ」善男さんがいった。「ぼくの父親の、この本に書かれているのは、そのことなんだ。つまりね、そうなると、今度は歌の意味が不思議なことになってしまうんだよ」

善男さんは小さな古い本を開いた。

「いいかい。ノートに書いて。忠度が俊成に歌集を渡したのは、寿永二年、西暦でいうと、一一八三年の七月二十五日。一の谷で忠度が死んだのは、次の年、寿永三年、西暦一一八四年の二月七日だ。——書いた？　どこがミステリーか、判ったかな？　忠度の歌を、もう一度見てごらん」

ぼくと河守は、いわれた通り、自分たちのノートに書きとめた二行だけの年表と、前に書いておいた歌を、じーっと見つめた。

「もしかして……？」今度はぼくの方が気がついた。「季節が違う……？」

「その通り！」善男さんは大きな声でいった。「忠度が俊成に会ったのは、夏。秋が過ぎて、冬が来て、もうちょっとで春になるというところで、忠度は死んだ。春が一番遠い時期に、桜の歌を作っている。普通だったら七月の終わりから二月のはじめの間に、桜の花なんか見られない。それなのに……」

「嘘で作ったんじゃないの？」河守が口をはさんだ。「ほんとに見てはいないけどぉ、桜が咲いてたらぁ、こうなるなー、って」

「えらい！」善男さんは興奮していた。「よくそこまで考えたなあ。そうなんだよ。当時もそうだし今だって和歌を作る人はそうらしいんだけど、桜の歌なんて山のように作ったり詠んだりしているから、実際に花が咲いていなくても桜の歌くらい、想像で作ることができるらしいんだよ。忠度もそうしたんじゃないかって、誰でも思う。けれども、歌をよーく見てごらん。

行き暮れて木の下陰を宿とせば
花や今宵の主ならまし

――今宵の、とはつまり、今夜の、という意味だ。そして、『宿とせば……主ならまし』というのは、『宿としたとすれば……主になるのだろう』ということだ。文法に従って、こまかくこの歌の意味を解読すれば、こういうことになる。

『どこかへ行って、日が暮れて、桜の木の下の陰を宿にするとしたら、桜の花が、今夜の主人になるということになる』

忠度は俊成と別れてから、戦いに敗れて死ぬまで、ずっと『行き暮れて』いた。その中でこの歌を詠んだ。架空の話なんかじゃない。忠度は実際に自分の家から遠く離れて、その途中で桜を見たんだ」

「夏、秋、冬に？」河守がいった。

「夏、秋、冬に！」善男さんが答えた。「桜なんかどこにもない時に、桜を見たんだよ、忠度は！」

「どこで？」ぼくは正直、興奮している善男さんが、ちょっとおっかなかった。

「日本中どこにも桜のない時期に、一箇所だけ、満開の桜を見られる土地がある」善男さんはいった。「それがここだ。この集落にだけは、真冬に桜の咲くところがあるんだよ」

「どこ？」

善男さんはぼくをじっと見つめて答えた。

「い、しんのだよ」

2

ぼくは、真っ白になった。

真っ白になったぼくを、善男さんが優しく見つめていた。

しばらくして、河守が沈黙を破った。

「しんのって、何？」

ぼくが河守を見てから善男さんを見ると、善男さんがぼくを見ていた。

「ぼくん家《ち》の山」ぼくは困ってしまった。「でも、人にいっちゃいけないんだよ。おばあちゃんからいわれたんだもん」

「その山、冬に桜が咲くの？」

「知らないよ。行ったことないもん。ほんとだよ」

ほんとだよなんて、いえばいうほど嘘くさくなるんだと、ぼくはこの瞬間に初めて学習した。けれどこの時はそれどころじゃなく、善男さんに向かって尋ねるのが先決だった。

「しんのって、冬にも桜が咲くんですか？」

「冬にしか咲かないんだよ。春は咲かないんだ。しんのの桜は師走に咲く。十二月の後半になると、山の奥に一本だけある桜の木が、ほんの短い間だけ満開になるんだ。十月桜とか、冬桜というのもあるけれど、そういうのは白くて、いかにも寂しい。しんのの桜は……あれはなんていうんだろう？　寂しくて、暗くて、ちょっと怖いような山の中に、そこだけ鮮やかな緋色の桜が、寒い風にも揺れずに咲き誇っている……現実とは思えない桜だよ。あれは、夢の桜だね……」

「パパ、見たことあるの？」

河守にそう訊かれて、善男さんはちらっとぼくを見た。

「……ある」秘密を打ち明けるような口調だった。「親父の書いたこの本を読んで、本当にそんな桜があるのかどうか、確かめたくなってね。こっそりしんのに入っていったんだ。……驚いたよ」

善男さんはそうやって、話しているうちに黙りこくってしまった。ぼくたちも口を開くことはできなかった。それ以上何かを尋ねたりするのは、なんだかいけないことのような気持ちになっていた。

「ああ。とにかく」やがて善男さんは我に返った。「忠度が『宿』にしようと思ったのは、あの桜の木のほかにはありえない。あれほどの見事な歌を詠むには、それにふさわしい桜がなければいけない。そして忠度が源氏と闘うために日本じゅうをさまよっているあいだに見ることのできた桜は、しんのの桜のほかにない。そして忠度のような平家の大将が、一人であちこち出歩いていたわけがない。いつも何十人ものさむらいを引き連れて歩いていたんだからね。

つまり、この集落には何十人もの平家のさむらいが来ていた、ということになるわけだよ」

ほかにも証拠はいろいろある、その話はまた次にしよう、といわれて、ぼくは河守の家を出た。玄関で河守が手を振ってくれた。

家に向かう道をぼんやり歩いた。話を聞いただけなのに、なんだか本当に目の前に桜の花が、ぱあッ！　と開いているようだった。八月だったけれど、夕方になっていたし、集落では夏もさして暑くならない。もちろん、真冬の山の中を想像できたわけではなかったが、暗闇の中に輝く桜の花を思い浮かべることは、さっきまで話を聞いていた善男さんの顔を思い出すより、もっと簡単で、不思議に生々しかった。

家に着いた時には、ぼくの気持ちは固まっていた。

「おばあちゃん」

ぼくはどら焼きを食べながらテレビを見ていたおばあちゃんに声をかけた。

「うん？」おばあちゃんは時代劇の再放送から目を離さないままだった。

「しんのって、どんな山なの」

おばあちゃんはテレビの方を向いたままテレビを消し、それからゆっくりぼくの方へ振り返った。

それは多分、ぼくに「睨みをきかせる」つもりだったのだろう。だけどぼくはそんなおばあちゃんに、もうひるまなかった。

「十二月に桜が咲くの？」

「どこで聞いた」

おばあちゃんの声は低くて、ドスがきいていた。ぼくは怖くなるのを振り払うために、けんか腰みたいな口調で答えた。

「河守のお父さんだよ！」

おばあちゃんの目が丸くなった。

「まぁたあのトンチンカンが余計なことを！」

「おばあちゃん、ぼくもう四年生なんだよ！」ぼくはいった。「殿様川で釣りだってできるし、一人でバスに乗って市役所まで行ったことだってあるでしょ。なんで教えてくれないの？　しんのってうちの山なんでしょ？　どうして一回も連れてってくれないの。なぁんにも教えてくれないんじゃないかあ！」

机を叩いて抗議する――それだって内心は、しんのという山に何があるか判らなくて、怖かったからだけれど――ぼくを、おばあちゃんは静かに睨んでいた。

「よし」おばあちゃんはいった。「教えてやる。だけども、絶対に人にいってはいけないぞ。自由研究なんか、もってのほかだぞ。判ったか？」

ぼくは頷いた。

「河守の善男にも、善男の娘にも黙ってるんだぞ。誰にもだぞ。いいか？」

「判った」

するとおばあちゃんは、難儀そうに立ち上がって、ぼくの手を取って表に連れて行った。

裏庭の納屋《なや》の横に、植木鉢だとかポリバケツだとか、使わないものが山積みに置いてあるところがある。おばあちゃんはその山積みになった雑多なものの方を指さした。

「あれが、しんのだ」

がらくたの山の向こうは、右も左も高い杉の木が植えてある山だった。けれども左右の山の中間、がらくたの山の真裏あたりは、ちょうど山と山の裾野の下になっていて、そこは雑草が生い茂った、けもの道のようになっている。その雑草の先に、こんもりと盛り上がった、ごく低い山が見えた。

左右の山の陰になっていて、遠くにあるからかもしれないが、低すぎて、山というより丘とか高台みたいな感じだった。その後ろにも山々がそびえているから、おばあちゃんに指さされなければ、見落としてしまいそうだった。

「おばあちゃんも、ここ十年ばかり行ってない。寄り付かねえ方がいいんだ。あの山は、凄まじい山だから」

ふだん呑気《のんき》なおばあちゃんの声が、夕焼け空の風や鳥の鳴き声に負けそうなくらい、小さかった。

「あそこで、冬に桜が咲くの？」

「咲く」おばあちゃんはいった。「あれも気持ちわるいんだ。桜だけじゃないよ。しんのじゃ、何もかもおかしいんだよ。

——うちのそばのバス停、『曲がり松』っていうだろう。あれはもともと、しんの松のことなんだよ。よーく見てごらん。こっからでも、あそこに、ぐねぐねした松が見えるだろ？」

ぼくはいわれた通り、目を凝らしてしんのをよーく見た。

夕暮れでずいぶんいろんなものがぼんやりしていたけれど、見つめているうちに、しんの裾から中腹にかけて、ぐねぐねと何本も生えているのが、山菜じゃなくて松の木だと判った。遠くて小さいから、最初は山菜が繁《しげ》っているのかとかん違いしたのだ。それくらいしんの松の木は、どれもいびつにねじ曲がっていた。Nみたいな形になっているのなんて、まだ素直な方で、壊れたバネみたいに、楕円形のらせんを描いて横に伸びているのもあったし、松のくせにやけにまっすぐ伸びて、先端だけがぐいっと地面に向かってUターンしているのも見えた。

そんな、絵本に出てくる魔女の森みたいな松の木があるのを見たら、その周りのももやもやした繁みや暗いところも、おかしな草花が生えているように思えて、ぼくはぞっとした。

「おばあちゃんのおじいさん、お前のひいひいおじいさんが、あんな松は縁起が悪いに違いないって、若い頃に片っ端から伐《き》ってしまったんだって。だけど、またすぐに生えてきて、あっという間にまた、あの通りの気持ち悪い松が、にょきにょき育ったんだってさ。松なんてそう簡単に育つもんじゃないよ。それも、あんな……」

おばあちゃんは、はあー、とため息をついた。

「あそこはね、昔っから、人が寄ったらいけないところなんだよ」

「お化けが出るの?」

「お化けなんか出ない」おばあちゃんは、微笑んでいた。「おばあちゃんのおじいさんだって、松の木を伐ったからって、山の祟《たた》りなんかなかったんだから。放っておけば、何も悪いことは起こらないんだよ。ただ、人間の目には、気持ち悪いってだけでね。気持ち悪いものを、わざわざ覗きに行くことないだろう?」

「だけどー」

ぼくは反射的にそういって、後が続かなかった。行くなといわれれば行きたくなる、という言葉が、とっさには思いつかなかったんだと、今になってみると判る。

「入らなければ、なんにもありゃしない」おばあちゃんは、ぼくの気持ちを見透かしたのかもしれなかった。「だけど、入ったら、よくないことが起こる」

「え? おばあちゃんのおじいちゃんは、祟りがなかったんでしょ?」ぼくはいった。「おばあちゃんだって、行ったことあるんでしょ?」

「ある」

「じゃ、なんで行っちゃいけないの」

「取り返しのつかないことが、起こるから」おばあちゃんはいった。「おかしなことが。おじいさんにも、あたしにも、おかしなことは起こらなかった。それは、用心をしていたからさ。そして、たまたま、何も起こらなかった。だけど、誰に、何が、いつ起こるのか、しんのじゃなんにも判らない。起こったら、もう、取り返しはつかない。泣いても、悔やんでも、どうにもならない。だから、行っちゃいけないの」

そしておばあちゃんは、ぼくの肩をぐっと摑《つか》んで、

「いいな？　判ったな？」といった。

「うん判った」ぼくは答えた。

全然本心じゃなかった。

3

「平家の末えい」（さすがにもはや「へーけのまつえー」ではなくなった）の自由研究は、和田先生からあまりいい評価を与えられなかった。先生はぼくたちのノートを見ながら首をかしげて、

「うーん、話は面白いんだけどねえ……。もうちょっと、いろんな人の話を聞いたら良かったんじゃないかなあ……」

と、言葉を選びながらいった。その時はちょっとだけショックだったけれど、考え

れば考えるほど、先生の評価はもっともだと、いわざるをえなかった。

ぼくと河守亜菜は、善男さんだけじゃなく、いろんな人の話を聞こうとしたのだった。和田ラーメンや和田旅館のおじいちゃん、そのほか何人かのお年寄りのところへ行って、昔のことやいい伝えを教えてもらおうとした。

けれども奇妙なことに——と、ぼくたちには感じられた——誰も自分たちの集落が「平家の落むしゃ」の作った土地だとか、自分たちが「平家の末えい」だとは知らなかった。

「知らね」

トマトの収穫をしている最中だったからか、汗びっしょりになった和田トマトのおじいさんは、愛想なく答えた。

「俺んとこは、代々ここで野菜作ってるよ。平安時代も野菜作ってたんじゃないの？平安時代だって、誰かが畑やんなきゃ、食うもんがなくなっちゃうもんなあ。いや、知らね、知らね」

「どうでしょうねえ」

いつもこざっぱりとしている和田旅館のおじいちゃんは、小学生のぼくたちにも、ていねいな言葉で応対してくれた。お茶まで出してくれた。

「河守様のお父様には、いつもお客様をご紹介頂いておりますから、お嬢様のご研究にも、少しは協力させて頂きたいと思いますが、なにしろそういう話は、聞いたことがありませんので……。申し訳ございません。実は私は入り婿《むこ》でして……いや、お子様は入り婿など、ご存知なくても構いませんが、要するに私は、よその土地からこの家へ来た者なんでございます。家内はずいぶん前に亡くなってしまいまして、といって、私より古いことを知っている者となると、当家には、ちょっと……」

「デタラメだよ、そんなのは」

ぼくのおばあちゃんが、いちばん非協力的で、口が悪かった。

「平家がこのあたりに来たなんて話、聞いたこともないよ。ありゃあ、京都とか、瀬戸内海とか、そのへんの話でしょ？　こっちなんか全然関係ないじゃないの」

「だけど、しんのの桜が……」

そういいかけた河守を、おばあちゃんは驚いたように睨んだ。

「あんた、知ってんの。やっぱり。……あーあ、いなかは、これだから。何もかも筒抜け。いやになっちゃうよ。まあ、こっちだって、あんたのお父さんがうちの山にこっそり入ったなんてことは、とっくに知ってるんだけどね。善男はあれで、気の毒なところもあるんだ。父親思いの孝行息子でね。まあ、善男の親父さんて人は、あたしらには、ごうつくばりのヤなジジイだったけど」

「河守のおじいちゃんだぞ！」

ぼくが恥ずかしくなって抗議しても、おばあちゃんは知らん顔していた。

それにしても、暑い中を自転車に乗って集落じゅう走り回って、あっちこっちの年寄りに話を聞いても、みんな揃いも揃って平家のことなんか知らないとばっかりいうのには、ぼくも河守も困ってしまった。

「知っていて、教えてくれないだけなんじゃない？」

帰り道、ぼくは河守と並んで登り坂を自転車を押しながらいった。

「みんな秘密にしてるのかも」

河守もそんなことをいった。

だけど、実はどんなお年寄りも、嘘をついているような、秘密を隠しているような様子はなかったのだ。ごまかしたり、ぼくたちに秘密にしている理由も判らない。

次に話を聞きに行った時、善男さんにその話をすると、すぐに答えを教えてくれた。

「平家のさむらいがここに来たのは、もう八百年も前のことだ」善男さんは笑顔でいった。「集落のお年寄りも、さすがにそんな昔のことは知らないよ。

『平家物語』の終わりの方に、なんて書いてあるか知ってる？　『それよりしてぞ、平家の子孫は絶えにけり』……平家は、表向きは、完全に滅んだことになっていた。本当は、日本のあちこちに残っていたんだ。でもそれは、表立ってはいえないことだった。秘密にしなきゃいけなかったんだ。この集落でもそうだよ。八百年間、ずうっとみんなが秘密にしていたために、いつしかここに住んでいる人たちも、自分のルーツを知らずじまいになってしまったんだよ」

夏休みが終わった時、だからぼくたちはしょうがなく、善男さんから聞いた話をそのままノートにまとめて、提出するしかなかった。和田先生が困った顔をしたのも、今にして思えば無理はなかった。

さらに自由研究のノートには、話としては一番面白くなるはずの、平忠度と、しんのの桜のことは書けなかった。おばあちゃんの検閲を受けたからだ。

そのために提出した研究は、よけいに内容が薄くて、すかすかした、つまらないものになってしまった。

おばあちゃんの検閲を無視して、この夏に善男さんが教えてくれたことをまとめると、こうなる。

平家が源氏に実権を奪われ、滅ぼされる途中で、平家とそれに加勢した武家の残党は、日本の至るところに潜伏した。我らが集落もそのひとつである。その証拠に集落には異常なほど和田姓の家が多い。和田は桓武平氏から出た姓である。さらに、平忠度はしんの桜を見なければ「行き暮れて」の歌を詠むことはできなかった。集落の人たちは、自分が平家の末裔だとは知らないが、それは秘密が長年の間、保たれていたので、今では誰も覚えていないからである。

以上。それだけ。

思い返してみると善男さんは、それ以外にもこの集落には、近郊の地方とはかけ離れた風習や、お祭りや、食事や、年中行事がある、ということを、最初に会った時にいっていた。それがどういう風習なのか、善男さんは具体的には教えてくれなかったし、ぼくたちも訊かなかった。そういう話は夏休みの間、出ないままだったと思う。完全に忘れていた。忠度の話を理解して、年寄りの話を聞きに集落じゅうを自転車で回って、それで夏休みは時間切れになった。夏休みのぼくたちは、自由研究ばっかりやっていたわけでもなかったのだし。

いくら小学四年生の子供だからといって、これでは要するに、善男さんの話をただ鵜《う》吞《の》みにしただけだということくらい理解できたはずだ。果たして当時のぼくはこの話を、信じていたのだろうか？

信じていた。間違いなく確信をもって善男さんの話にのめりこんでいた。だってそれは、自分の住んでいるところを光り輝かせる、特別な話だったのだから。夏休みには特にたくさん放送する、テレビの「超常現象」番組――空飛ぶ円盤や、ネッシー、ビッグフット、心霊写真やポルターガイスト、ノストラダムスの大予言――を、ぼくはすべて信じていた。善男さんの話を聞くようになってからは、中でもとりわけ「歴史ミステリーもの」を熱心に見た。邪馬台国《やまたいこく》の謎や徳川《とくがわ》埋蔵金、明智光秀《あけちみつひで》は生きていた、西郷隆盛《さいごうたかもり》は生きていた、プレスリーなんか今でも生きている、そんな話がテレビに出てくるたびに、ぼくは真剣に見るようになった。

善男さんの話を信じたのは、だけど、それだけではなかった。最大の理由は、河守が父親の話をぼく以上に、徹底的に信じていたからだった。

「しんの話が発表できたら、和田先生だって絶対いい点くれたよ！」

二学期が始まってしばらくしても、河守はまだそんなことをいっていた。自由研究は、夏休みのほかの宿題と同じく、実質的にはちゃんと提出さえすればそれで充分で、採点なんか成績に大して影響がないことは、それまでの小学校生活で彼女にも判っていたはずなのに、河守はいつまでもこだわっていた。

しかも彼女は、ぼくたちの自由研究に和田先生が首をかしげたことや、しんのの話を発表できなかったことに、悔しがっているのではなかった。むしろそうやって隠された秘密を知っているのが、わくわくしてしょうがないらしかった。

九月の終わり頃だった。四時間目がもうすぐ終わって給食になる、という時、ぼくの机の上に、ぽん、と小さく折り畳まれた、ピンク色のメモ用紙が飛んできた。

「給食が終わったら　水道のところに来て　河守亜菜」

ぼくは慌ててメモをポケットに突っ込んだ。誰かに見られたら大変だと思った。心臓の動悸が外から見えちゃうんじゃないかと心配で、給食を残さず食べるのがひと苦労だった。

廊下の端にある「水道のところ」は、昼休みに内緒話をするにはもってこいの場所だった。給食が終わったら、みんなとっとと校庭に駆け出してしまうし、先生にうるさくいわれていた「泥んこになったら手を洗う」は、みんな校庭にある水道でちゃっちゃと済ませてしまう。校舎の中の水道には、人が来そうで来ない。

「あのさ」

水道のところで待っていたぼくを見ると、河守は廊下にいる子たちに怪しまれないよう、さりげなく近づいてきていった。

「あのさ、今度、しんのに探検に行かない？」

さっきまで頭の中で妄想していたこととは違う用事だったので、ぼくは肩すかしを喰《く》らったようにも感じたけれど、ちょっとホッともした。

「そんなの、だめだよ」ぼくはいった。「おばあちゃんに叱られるよ」

「ちょっとならいいじゃない！　ちょっと行って、すぐ帰ってくれば。ね？」

「ええー」

そういいながらも、ぼくは嬉しさと楽しさでバクハツしそうだった。

「鳴海君だって見たいでしょ、しんの桜！」

「見たいけどさあ」

そういってから、気がついた。

「だけど、まだ見られないよ。桜が咲くのは十二月なんでしょ」

「あ、そうか！」河守の顔が、がっかりして歪《ゆが》んだ。「そうだよー、まだ全然先だあ」

「今行ったって、なんにもないんじゃないの？」

「じゃあ、十二月になったら、見に行こうか？」

河守のひそひそ声が可愛くて、どうしていいか判らなくなった。

「うーん」ぼくは曖昧《あいまい》な返事をした。曖昧でもそれは、承諾の返事だった。

「よし。じゃ、十二月ね」

河守はそういって、急いで走って行った。
ぼくも顔を真っ赤にして、追いかけるように校庭へ出た。

4

それからの河守に、それ以前と変わったところはなかった。ぼくが期待していたような変化、たとえば前よりもぼくに親しい感じで接してくれるとか、ぼくの家に一人で遊びに来るとか、お祭りの夜に二人きりになるとか、そんな気配は全然なかった。その代わりに、ぼくが困るような変化があったわけでもなかった。

ぼくは河守が、大っぴらに平家の末えいだとか、平忠度とか、桓武平氏とかの話を、みんなの前で喋り散らしたら、嫌だなあ、困るなあ、と思っていたのだ。だってそんな話をし始めたら、どこかの時点でしんのに話題が移るに決まっているからだ。しんのは秘密にしておかなきゃいけない。おばあちゃんに脅迫されたから、そう思っていたのじゃなかった。ぼくはあれから、一人になるとよく裏庭に行って、がらたでふさがれた――おばあちゃんがわざとふさいだのに違いなかった――道の向こうに見えるしんのを、特に理由もなく眺めるようになった。背後の高い山を隠れみのにして、しんのはいつもぼんやりしていた。しんのを見ているぼくもぼんやりしていた。気がつくと三十分も一時間も、ただそこに立ちつくして、しんのを見つめているのだった。

そうしているうちに、いつのまにかしんのは、ぼくの秘密になった。おばあちゃんが、そして恐らく、鳴海家の先祖たちが、どうしてしんのをひた隠しに隠し続けてきたのか、その理由がよく判った。しんのは、あそこにそっとしておかなきゃいけない。松の木がありえない形にねじ曲がっていたり、真冬に桜が咲いたり、そんなことを宣伝したら、どこからどんな連中が押しかけてくるか判らない。花見をしたり、写真を撮ったり、ぎゃあぎゃあ騒いだり……。そんなの、絶対に嫌だった。

しんのは、あのままじゃなきゃ駄目だ。秘密にしておこう。ぼくだけの……おばあちゃんや善男さんも知っている、なんてことは、どうでもよかった。ぼくと、河守の二人だけの秘密。――そんなことを、ただ心の中で思っただけで、ぼくは恥ずかしい気持ちになった。

だけど現実の河守はぼくにとって、以前よりちょっと話しかけやすくなっただけだった。それまでと同じように、同じ学年十四人でひとかたまりになって、殿様川へ行ったり文房具屋に置いてある駄菓子を買いに行ったりするだけだった。野球をして遊ぶ割合が高くなることすらなかった。逆にだんだん寒くなってきたから、外ではあんまり遊ばなくなった。

十二月になったとたんに、また、ピンク色のメモがぼくの席に飛んできた。

「どうする？」

それだけ書いてあった。ぼくはハッとした。あれから全然、そんな話はしなかったけれど、やっぱり覚えていたんだな。いや覚えていたどころか、河守は十二月が来るのを、黙って待ち焦がれていたのかもしれなかった。

そしてまたぼくも、それがどういう意味かはもちろん、河守がどんな気持ちでいるかまで、このひと言で通じてしまうくらい、そのことをずっと考えていたのだ。

その日は学校でこっそり話をする時間がなかった。するとその夜、電話がかかってきた。ぼくたちは携帯電話なんか持っていなかったから、家の電話だ。

「河守さんから電話ー！」

廊下にある電話を取ったお母さんが、必要以上の声量で叫んだ。女の子から電話がかかって来たのは、それが初めてだった。

ぼくはすっ飛んで行って受話器を取り、お母さんを足で払いのけた。

「もしもし？」

「どうする？」

メモに書いたのと同じことを、河守はいった。受話器の向こうからも判るくらい、その口調は高揚していた。

「うん。どうしよっか」

ぼくの声は小さかった。お母さんが向こうに行かなくて、廊下に顔を出したり引っこめたりしていたので、盗み聞きされそうだった。

「あのね、さっきお父さんに訊いてみたのね」

「うん」

「そしたらね、お父さんがしんのの桜を見たのって、十二月の二十日すぎだったんだって」

「へえ」

「お父さんのお父さんが見たのも、十二月の二十二日だったみたい。日記に書いてあるって」

「そうなんだ」

お母さんの廊下と部屋を出たり入ったりする動きは、どんどんふざけてきて、しまいには踊りみたいになった。

「だから、もうちょっと待たないといけないかもね」

「そうだね」

「それでね、今度の二十二日ってね、金曜日なのね。だから、ちょうどいいから、二十二日にする？」

ぼくたちの小学校は、その頃、第二と第四土曜日がお休みだった。河守がいっているのは、二十二日が第四金曜日で、翌日もお休みだし、しんのにこっそり入るのにはちょうどいいんじゃないか、という意味だった。

「いいよ」

ぼくは深く考えずに答えた。河守と電話で喋っている、というだけでも、充分に恥ずかしかったうえに、お母さんの踊りは手の動きまで加わって、タコ踊りになっていたからだ。こんな電話は早く切らなきゃいけない。

「じゃ、二十二日にしようね」

「また、学校で。細かいこと」

「そうだね。おやすみなさい」

「おやすみなさい」

電話を切るなり、ぼくはお母さんにゲンコを振り上げて走っていった。お母さんは大笑いで逃げていった。

――こんなことだけを、いつまでも思い出していたい。これから先のことを思い出したくない。

笑っているお母さん。真っ赤になっているぼく。高揚して電話してきた河守。

誰も思っていなかった。世界中の誰一人、知らなかった。

この年の十二月二十二日に、河守亜菜がいなくなってしまうなんて。

第四章

バスを降りてからは、ずっと山の鳴る音が聞こえていた。

家に向かって登り坂を歩いていると、畑と雑木林のあいだから、今まで乗っていた麻生の運転するバスが、終点の温泉街に停車しているのが見えた。

ぼくは思わず立ち止まって、その遠い風景をしばらく眺めた。麻生がバスから出てきて、こっちを見たりしないかな、と待ってみたけれど、見えなかった。

あのバスに乗っていたところまでが、現実だったんじゃないか。

この登り坂の先には、もう現実はないんじゃないか。

頭にこびりつきそうになった、そんな馬鹿な考えを振り捨てるために、ぼくは実際に頭を左右に振らなければならなかった。振ってもその妄想は、なかなか取りきれなかった。

母親はまだ帰っていないだろう。土曜日にも市役所に出ることは珍しくない。市役所でなくても、母親が昼から家にいることはめったにない。忙しくしていれば老けない、というのが口癖の人だ。

大きな瓦屋根《かわら》の、くすんだ平屋が見えてきた。ぼくの家だ。

山の鳴る音は、停留所で聞いた時と、なぜか音量はさして変わらない。明らかに山に近づいているのに、大きく聞こえてはこない。

ただ音の鳴りようが、ここでは停留所で聞いたものとは、ずいぶん違っていた。それはもう、ぐぅーん……、ぐぅーん……、とは聞こえない。いろんな細かい音が複雑に絡み合って、文字にできない音になっていた。

家の陰になって、入り口から裏庭は見えない。

ただ、入り口の左側から裏庭まで続いている、長いコンクリートブロックの塀は、やはり厳然とそこにあった。

雨風にさらされて、全体に灰色がかっている。下には苔《こけ》が這《は》い上《のぼ》ってきていて、帰ってくるたびにその支配領域を拡張させている。もう全体の三分の一ほどが、すっかり苔で覆われてしまった。

おばあちゃんがこの塀を作らせた。ぼくはまだ小学生だったから判らなかったが、恐らく相当な出費だったろう。ブロック塀は左の山裾から右の山裾まで、裏庭を四十メートルほども続き、高さも二メートルはあって、その上に有刺鉄線が張ってある。一箇所だけ重い鉄の扉が付いてはいるが、太いかんぬきに南京錠《なんきんじょう》がかかっている。かんぬきも扉も、すっかり錆《さ》びてしまっている。

おばあちゃんがこの塀を作らせたのは、あのことがあった翌年だった。もう誰も、二度と、しんのへいたずらに入っていったりしないように。

ぼくはできるだけ何も考えないようにしながら、玄関を勝手に入っていった。

母親が家に鍵をかけないことを、無用心だと思うようになったのは、東京で暮らしてからだ。それまではそれが当たり前だと思っていた。そして東京で暮らしてから、ぼくの住んでいるところに泥棒が入ったことは一度もない。ただ鍵をかけないのは異常だ、いつ何があるか判らないんだからと、びくびく暮らすようになっただけだ。

思ったとおり母親はいなかった。

ぼくは今でも帰郷のたびに使っている部屋へ入り、押し入れの中に大きな荷物をしまった。テントや寝袋といった荷物を、母親に、帰ってきてすぐに見咎《みとが》められたくはなかったのだ。

とはいえもちろん、黙っているわけにはいかない。二十二日の朝に、こっそりここを抜け出すことは、なんというか、技術的には可能だろう。でもそんなこと考えるだけでも母親に悪いなと思ってしまうし——いや、やっぱり技術的にも駄目だ。この家を抜け出すことは可能でも、抜け出せるだけだ。そこから先の目的地には行かれない。今日か、遅くとも明日の日没前には、母親にひと言、ことわらなければいけない。その時、どんな口論が待っているのかと思うだけで、ぼくはつらくなった。でも、いわないわけにはいかない。

南京錠の鍵を持っているのは、母親なのだから。

1

言い訳なんか、するつもりはない。言い訳したって、どうにもならない。河守亜菜はいなくなってしまった。言い訳をすれば帰ってくるなら、何千回でもする。だけどそんなことをしたって、彼女は帰ってこない。

だから小学四年生だったぼくが、その年の十二月二十二日が近づいて来るにつれて、しんのに行くのは恐いと思うようになったというのは、言い訳じゃない。

集落はどんどん寒くなるというのに、毎日やけにはしゃぐようになった河守亜菜を、変なのー、と見ている同級生は多かった。

「どうしたの？　なんかいいことあった？」と誰かが尋ねても、河守は、「べつにー」としか答えず、気がつかれない程度にちらっとぼくを見て、微《かす》かな笑みを見せるのだった。

ぼくにはそれが嫌でしょうがなかった。でも同時に、嬉しかった。

普段はのんきで優しいおばあちゃんが、その話になると、とたんに真面目で深刻な顔になる、そんなしんのの山に内緒で入るなんて、本当は絶対やっちゃいけないことに決まっていた。おばあちゃんやお母さんにばれたら、どれだけ怒られるか判らない。ぶっ飛ばされるかもしれない。

いや、ぶっ飛ばされたり叱られるだけなら、まだいい。しんのに入って、どんなことがあるのか、ぼくはそれを想像すると、おそろしくてならなかった。

河守はしんのに入ったことはもちろん、見たこともない。だからなおさら、しんのをミステリアスに思っていられるんだろうし、そこに入っていくのが単純にスリリングな気がして、興奮しているんだろう。その頃のぼくは、しんのを毎日のように眺めていた。見れば見るほど、そこには得体の知れない強い力がこもっているように思えてならなかった。けれどもあそこに、何があるかは判らない、まったく見当もつかないから、よけいにおそろしいのだ。空想だけがふくらんで、はちきれそうになった。

だけどぼくは河守に、ねえ、やっぱり行くのやめようよ、とはいえなかった。女子が行くといっているのに、男子がびびってどうする。河守に弱虫と思われるくらいなら、しんのに入っていくほうがずっとマシだと、その時は思っていた。ぼくが勝手に空想をふくらませているだけで、実際に行ってみたら、しんのなんて大したことない小山なのかもしれなかった。

そして何よりも、それは河守とぼくの、二人だけの秘密だったのだ。誰にも知られず、ぼくと河守だけでしんのへ入る。その魅力はぼくの臆病を踏み越えた。いざとなったらビクビクし始める河守を、ぼくが守ってあげる。そんな空想も浮かんだりした。

それでもしんのへの恐怖心はなくならなかった。それどころか日増しにそれは強くなっていった。しんのが鳴るのを聞いてからは、特にそうだった。

二十日の朝だったろうか、いつもと目の覚め方が違うなあと思いながら身体を起こし、毎朝の役目だったので、郵便受けに新聞を取りに行くと、聞いたこともない音が、空いっぱいにとどろいていた。それがしんのから聞こえてくる音だと気がつくと、ぼくは新聞を持って家の中に逃げ込んだ。

「しんのから、おかしな音がしてるんだけど」

台所のおばあちゃんとお母さんに、思いきってそういった。ぼくより早く起きている二人に、その音が聞こえていなかったはずがないし、音は家の中でも聞こえていたけれど、それをいうのはなぜだか勇気のいることだった。口にしてはいけないことのように感じたのだ。

「してるな」

まな板に向かっているおばあちゃんが、背中を向けたままいった。

「気持ち悪い音だねえ」

お味噌汁《みそしる》をかき回しているお母さんも、ちらっとしかこっちを見なかった。

「しんのは、たまーに鳴る」おばあちゃんはいった。「何十年かにいっぺん、おかしな音をたてるんだよ」

「私も子供の頃、聞いたことある」お母さんが続けた。「山崩れの前触れかな、なんて思って、お母さんも恐かった」

「山崩れの時は、もっと違う音がするのさ」おばあちゃんは振り返って、ぼくに優しい顔を見せた。「なんにもありゃしないよ。放っておけばそのうち鳴らなくなるから」

「じゃ、なんで鳴ってるの?」

「そんなの知らないよ」おばあちゃんは答えた。「しんののことは、判らないことばっかり。それでいいの。判ろうとすると、良くないことが起こる」

それを聞いてぼくの心臓は飛びあがった。おばあちゃんもお母さんも後ろを向いていたので、真っ赤になった顔を見られずにすんだ。

「良くないことって、何……？」

ぼくの声は震えていた。

「良くないことだよ」おばあちゃんはぼくをちらっと見た。「昔の人の話には、しんのに入って良くないことがあったっていう言い伝えが、いくらもある。だからおばあちゃんはいってるんだよ、しんののことを人に話しちゃいけないよって」

「どんなことがあったの？」

「まだ教えないよ。智玄が、あのバカみたいなテレビを見なくなったら教えてやる。どうせ今のお前は、しんののことも、空飛ぶ円盤だの、心霊写真だのと一緒くたにするだろう。地球はそんなもんじゃない。大人にならないと判らないよ」

「地球？」ぼくにはおばあちゃんが、何をいっているのか判らなかった。「地球ってどういうこと？」

焼き魚と卵焼きとお味噌汁ができて、おばあちゃんはもう答えてくれなかった。ただ、

「大人になれば判ることだ」

と呟いて、ぼくに朝食と登校の準備を急《せ》かした。お母さんはそのもっと前から会話に参加せず、テレビを見ながらご飯を食べ、食べ終わるとさっさと出勤してしまった。

おばあちゃんは特別なことをいったわけじゃなかった。ぼくがしんのに興味を示すたびに口にする警告を繰り返しただけだった。それでもぼくは、いつもの何倍もおびえた。

しんのはそれから、ずっと鳴り続けた。学校でもその話ばっかりが出た。和田先生も、

「おかしな音ねえ……」

と、授業の合い間に呟いたりした。

ぼくは授業どころじゃなかった。もし、おばあちゃんにぼくと河守の計画が知れたらどうしようと、そればっかり考えた。そして考えているうちに、それならそれでいい、と思うようになった。しんのに行くのをおばあちゃんに止められて、叱られて、それで計画がオジャンになるなら、それでもいい。そうなったら、ぼくが弱虫だからダメになったということにもならないわけだから。

ぼくは河守をちらっと見た。河守は、学校からは小さくしか聞こえないしんのの音に耳をすませながら、鼻の穴を膨《ふく》らませて興奮していた。そしてぼくを見て、にこーっと笑った。その日は一日、河守と喋る気分にならなかった。

家に帰ると、揃いの半被《はっぴ》を着た集落の消防団のおじさんたちが、裏庭でおばあちゃんと話していた。しんのの山鳴りを調べていたのだ。ぼくは思わずおじさんたちに近づいていって、話を盗み聞きした。

「しかし、気味が悪いよなあ」

消防団の中でも一番のおじいさんが、腕組みをしながらそんなことをいっていた。

「やっぱりきちんと調べて貰わねえと、素人《しろうと》判断で大丈夫ってわけにはいかねえからね」

「素人ではないだろうが」おばあちゃんはいった。「しんののことは、あたしがいちばんよく知ってる。それに、この音だったら前に聞いてるだろうが、あんただって」

「もう、ずいぶん昔の話だからなあ」

「そう昔でもないよ。二十年は経ってねえ」おばあちゃんはそういってから、ふとぼくを見た。「うちの孫にでもしてみりゃあ、生まれる前の大昔かもしれねえが、あんたやあたしには、ついこのあいだのことじゃないか」

「そうだったかなあ」

「とにかく、とにかく」おばあちゃんより、よっぽど若い団員の人が口をはさんだ。「万が一ということもありますから、一応調べてもらいましょう。でないと集落の者が不安でしょうがないから」

「調べてもらうのは、一向に構わないよ」おばあちゃんは、あっさりといった。「ただ二十年前も、山が鳴った時に、消防団とおんなじ話をしたのさ。そん時も県立大学から教授がやってきて、あの山をさんざん調べていったが、なんにも判らなかった。教授やら助手やらが、みんな頭が痛くなって帰って行ったんだよ。そのあと大学から、報告もなんにもなかった。そんなことをもう一回やるだけだよ」

「いやあ、そうだったなあ。俺らもみーんな、頭痛くなっちゃって」おじいさんの団員がいった。「戻ってきたらなんともねえんだけど、山ん中歩いてたら、鉢巻で締めつけられるようでよ」

おじさんたちとおばあちゃんは、しばらくそんな話をしていた。最後までしっかり聞いていたわけではなかったけれど、どうやらどこかの大学に連絡をして、来週にでも調査をたのむことになったらしい。しんのは小山で、一番近い人家（ぼくの家のことだ）からも比較的遠く、土砂崩れがあったとしても大した被害にはならないだろう、という意味のことも、大人たちはいっていた。

その夜、お母さんがお風呂に入っているスキを狙って、河守に電話をかけた。

「今日、消防団の人がいっぱい来たよ」

「げっ」河守はふざけていた。「音がするから？」

「らしい。大学教授が調査に来るんだって」

「ええー。いつ？」

「来週とか」

「あ、来週かあ」河守の声は明るく弾んでいた。「それなら大丈夫だね。行かれるね」

「まあ、ね」

ぼくは消防団や大学教授のことをいって、危機感をあおって、恐いから行くのをやめようと、河守の方からいってくるのを期待していたのだが、彼女は終始楽しげで、わくわくしていた。

そしてぼくの方からは、ついに「行きたくない」とはいえなかった。ときめきと臆病のせめぎ合いは、小学四年生のぼくの中で沸点に達していた。

翌日、つまり二十一日になると、河守はまた四つ折りにしたピンク色のメモを投げてよこした。

「もしかしてビビってる？　なら私一人でもしんのに行くから!!」

読んで思わず振り返ると、河守は口元は笑顔なのに、目はぼくを睨んでいた。

2

十二月二十二日の金曜日は、朝から雲一つない晴天だった。ぼくは前の晩、十一時くらいまで寝つけなかったのに、六時には目が覚めてしまい、新聞を取りに行くついでに裏庭に回ってみた。

しんのは鳴っていた。けれどもそれは、改めて裏庭から山を見なければはっきり聞こえた感じがしないような音になっていた。あまりにもしょっちゅう鳴っているので、もともとそんなに気になる音ではないし、慣れっこになってしまったのだ。ぼくだけじゃなく、集落の人たちみんなそうだったと思う。

学校で河守の格好を見て、ぼくはアッと声をあげてしまった。彼女はジーパンに長靴を履き、ランドセルではなくリュックサックをしょっていたのだ。子供の目には、それは完全に登山の、あるいは「冒険」の格好だった。

その日、ぼくは授業中も休み時間も、ろくに人の話を聞いていなかった。頭の中がぐるぐるしてしまって、いても立ってもいられない感じ、わけもなく駆け出してしまいたいようなあせりに、ずっと囚われていた。しんのに行くしかないんだ、やめにはできないんだ。そんな思いがのしかかっていた。

いつの間にか授業は終わっていた。その日はみんなで殿様川に行くことになっていた。それなのに河守は、

「私ちょっと出かけるから帰るー」

といって、みんなが声をかけるヒマも与えず、リュックサックをしょって逃げるように教室を出て行ってしまった。

みんなはどうしたんだろうとか、どこ行くんだろうとか、がやがやいっていたけれど、彼女の行動が何を意味するか、ぼくにはもちろんすぐ判った。するとこれは、かなり困った状況だった。彼女の後を追って行かなければならないが、今それをやったら、みんなに怪しまれるに決まっている。

しょうがないから、ぼくはちょっとだけ殿様川に付き合って、途中でなんか口実を作って抜け出そうと考えていた。ところがこの日に限って、団体行動をはずれた河守に助けられたのか、

「私も今日、お母さんと買い物行くことになったんだー」とか、

「じゃーぼくも帰るー」

などといいだす子が続出して、それでも殿様川に行きたがってる子は何人かいたんだけれど、いつもの「十四人いっしょに遊ぶ」という慣例は、破られることになったのだ。このチャンスを逃してはいけないと、ぼくは、

「じゃーぼくも帰る。川は寒いから」

と小さい声でいって、帰る子たちに交じって校門を出た。

今はもうなくなっているが、以前は曲がり松のバス停に、屋根のあるベンチがあった。河守はそのベンチに隠れるように座っていた。ぼくを見るとぴょんと立ち上がって、

「よし。行くぞ」といった。

午後の四時には、まだなっていなかったと思う。冬の集落は全部が夕焼け色で、鳥の声もトラックの音も聞こえなかった。ただしんのの、なんのためだか判らない、呼んでいるのか、叫んでいるのか、察することのできない音だけが、低く、しつこく響いていた。

「リュックなんか持っちゃって。何入ってんの?」ぼくは訊いた。

「水筒でしょ。懐中電灯でしょ。りんごでしょ。あといろいろ」

よく見ると、リュックサックはけっこう膨らんでいた。

「そんなにいろいろ、いらないだろ。遠足じゃないんだから」そういってから、ぼくは付け足した。「そうだよ。しんのなんて、行ったってすぐ帰ってくるんだからな。一時間も二時間もいないんだからな」

「でもさ、桜がどこにあるか、鳴海君知ってんの？」

「知らないよ」

「じゃ探さないといけないでしょ。見つかるまでは帰らないよ私」

なんでそんなにこだわるんだ。ぼくはしんのに行ったら桜がすぐ見つかりますようにと、祈るような気持ちだった。

家に着くとランドセルを茶の間に放り出して、テレビの台の引き出しにある懐中電灯と、冷蔵庫にあった作り置きのお茶を出し、お母さんがなぜか溜め込んでいるスーパーマーケットのビニール袋をひとつ貰って、その中に入れた。それから靴を長靴に履き替えた。靴箱の上に使い捨てカメラが置いてあったので、ついでにそれも持っていくことにした。

おばあちゃんがいればいい、帰ってきたらいい、見つかっちゃえば止めてくれる、と思ったけれど、畑か買い物かでいなかった。お母さんは市役所から戻っていなかった。最後の悪あがきで、ゆーっくり長靴を履いてみたけれど、誰も帰っては来なかった。

観念したぼくはちょっと重たいビニール袋を持って、また外に出た。河守は家の周りをきょろきょろ見渡していた。しんのを探しているんだと思った。ぼくは彼女を裏庭に連れて行って、納屋の横から山を指さした。

「あれがしんの？」

河守の声は、小さくて張り詰めていた。

「うん」

ぼくが返事をしても、河守はしばらくしんのを見つめていたが、やがて、

「判った。行こう」

といってぼくを見た。

納屋の脇のがらくたが積んであったところは、前の日に消防団のおじさんたちが通り抜けるために、すっかり片付けられていて、ぼくたちは難なく通り越した。その先の道も、何人もの大人が往復したために、伸び放題だった雑草が踏み倒されていて、通るのに苦労はなかった。

ただ、道は思ったよりも遠かった。一本道の先に見えるから、すぐそこのように思

っていたけれど、しんのはなかなか近づいてこなかった。整えられていない道はところどころ、ひどくぬかるんだ箇所なんかがあって、長靴を履いていても、冷たさに足はしびれるようだった。ぼくのすぐ後ろを河守は黙って歩いていた。ときどきぬかるみや、つるつるした雑草なんかに足を取られそうになると、河守はぼくのジャンパーの腕や肩をぐっと握って支えにした。

それでも二十分くらい歩いた頃には、しんのは小山なんかじゃなくなって、背後の大きな山よりもずっと迫力のある、木々の壁になっていた。その木々は異様だった。ぼくの家からも見えた「曲がり松」は、近づいて見るとますますグロテスクな植物だった。遠くから見えたのは、松の幹のでたらめな伸びかただけだったけれど、近くに来て判ったのは、幹そのものがキャンディみたいによじれていることだった。

「何これ……。気持ち悪ーい」

河守が、わざとらしい大きな声を出した。本当には恐くないと示すつもりだったのかもしれないが、いつの間にか彼女の手は、ぼくの左腕をしっかり握っていた。その握り方の強さで、ぼくは彼女が本気で恐がっているのが判った。あたりはいっそう暗くなってしまって、ぼくたちは山の奥へ入って行く前に、懐中電灯を取り出すことにした。

「桜って、どっちだろう」ぼくはいった。「上に登らないといけないのかな」

「ゆっくり行こうね」河守の声は、女の子の声だった。「一人でずんずん行かないでね」

「うん」

暗いといっても、まだ空の上には夕焼けが残っていた。松の木があんまり茂っているところは、松葉が目の前に突き出して危ないから、ぼくたちの進める方向は決まっているようなものだった。もしかしたらそれは、道なのかもしれなかった。

「こっちしかないもんねえ」

「とにかく行ってみよう」

そんな風に声をかけ合いながら、ぼくたちは枯葉の上を歩いて行った。しんの音は、太鼓を叩いているように聞こえることもあれば、キーンと響く高音もあった。耳の中に虫が入ったみたいな音がした時もあった。

恐いことは恐かった。二人とも、ずっとへっぴり腰で歩いていた。だけど不思議なことに、来る前に予想していたほどは恐くなかった。ぼくたちはたんたんと歩いていた。たんたんと歩けるということが、そんなには恐くない理由のひとつめだった。道があったのだ。ふたつめの理由は、その道が、山にいるとは思えないほどなだらかで、気に留めていないと登り坂だとも感じられないくらいだったことにあった。集落の中の、ほかの山や林道は、ぼくたちの遊び場みたいなものだから、歩き慣れていた。よその山道には必ずある、大木の根っこを階段がわりに上らないといけないところとか、滑るとどこまで落ちるか判らない断崖なんか、しんのの道には全然なかった。それはハイキングコースみたいに、ゆったりと山肌をらせんに上がっていく道だった。

気持ちに余裕ができるみっつめの理由には、しばらく気がつかなかったけれど、やがて知らないうちに二人ともジャンパーのチャックを開けて歩くようになって判った。しんのは暖かかったのだ。いや、暖かいというほどではないけれど、決して寒くはなかった。学校からぼくの家までの寒さにくらべたら、ぽかぽかしているといってもいいくらいだった。ひたすら歩いているためでもあっただろうけれど、暖かさは恐怖を遠ざけてくれていた。初めて歩く、気味の悪いはずの暗い山道なのに、ぼくも河守も、くたびれなかった。

桜はいきなり現れた。

らせんの山道が真裏に回って、後ろの山の向かい側に来た時、急に平らで広い場所に出たと思ったら、その平地の上を薄紅色の桜がすっかり覆っていた。

「うわあ！」ぼくたちは思わず歓声を上げた。

桜は満開だった。そして満開なのが不思議に感じないくらい、そこは穏やかでぽかぽかしていた。何百何千の花びらが微風にあおられて、ゆっくりと落ちていた。さっきまで暗い道を歩いていたせいか、桜の木の下はまぶしいくらい明るく見えた。花びらが敷き詰められていて、地面も明るかった。

あっけにとられて言葉を失っていたのは、ほんの二、三秒だった。太い幹から全方向へ伸びている枝と、そこからめちゃくちゃに咲きまくり開きまくっている桜の花、そしていつまでも宙を漂い続ける花びらを見上げて、ぼくたちは顎《あご》を突き出し、口を開けたまま、ぐるーっとその場で一回転した。それから同時にお互いを見た。河守は笑っていた。ぼくもぽけーっと笑っていた。

「すごいすごい！」河守は叫んだ。「なんだこれ！　すごい綺麗！」

「うひゃひゃー！」ぼくもおかしな声をあげた。「どーなっちゃってんの！」

ぼくも河守も、なんだかすっかり浮かれてしまって、荷物を桜の根元に放り出すと、地面の花びらを蹴散らしながら、二人できゃーきゃーいって桜の下を走り回った。笑いが止まらなかった。

「これ、すっごく太いよね」

幹を見ながらぼくがいうと、

「ちょっと測ってみる?」

河守はそういって幹に抱きついて、両手を広げた。ぼくも隣でおなじように幹にべったりほっぺたをつけて両手を横に伸ばした。左手の中指が、河守の右手の中指に触れた。それでも幹の残り半分以上には届かなかった。

「子供、四人分くらいかなあ。五人分あるかなあ」

「もっとあるよ、きっと」

ぼくたちはしばらくそうやって、手を広げたまま幹に顔を当てていた。冬の木のようでは全然なかった。大きな犬みたいなぬくもりがあった。

いつまでも手と手が触れ合っているのが、なんとなく照れ臭くて、ぼくたちは姿勢を変えて桜に寄りかかった。そのぬくもりから離れたくなくて、でもいつまでも立っているのにもくたびれて、ぼくは幹に背中をつけたまま、地面にずるずるーとしゃがんだ。すると河守もぼくの真似をした。ぼくたちは桜の根っこが地面から出ているところを避けて、柔らかい場所に並んで座りながら、桜の花びらがちらちら舞っているのを、いつまでもながめ続けた。

しばらくすると河守は、手を伸ばしてかたわらに放り出されたままだったリュックサックを取り、中をごそごそやり始めた。

「りんご食べる？」

ウサギの形に皮をむいたりんごが、アルミホイルにくるまれていた。

「私が切ったんだ」

「ふーん。おいしい」

ウサギの形はすごくヘタクソだった。

「なんでここ、こんなにあったかいんだろうね」河守はいった。「さっきまでめちゃめちゃ寒かったのに」

「この桜もあったかいよね」

「ね。謎だね」

「あったかいし、明るいし……」

「音も聞こえてるみたいな、聞こえてないみたいな、だし……」

「恐くないし……」

ぼくたちは同じことを考えていた。

「さっきまで、あんなに恐かったのに、なんで今、こんなに恐くないんだろう……」

「それがいちばん、謎だ」

それからまた、しばらく黙っていると、遠くから、五時の音楽が聞こえてきた。集落で毎日流す、「遠き山に日は落ちて」だ。

「とーおきー、やーまに、ひーはおーちて……」

河守が歌い始めたのに合わせて、ぼくも歌った。

遠き山に　日は落ちて
星は空を　ちりばめぬ
今日のわざを　なし終えて
心かろく　やすらえば
風はすずし　この夕べ
いざや楽し　まどいせん

「すげえなあ、この桜」ぼくはそういって、落ちてきた花びらを一枚つかまえた。

「平忠度も、これ見たのかなあ」

「見たんだよ、きっと！」

河守はぼくの言葉を聞いて、忠度を思い出したみたいだった。

「絶対これだよ！　間違いないよ！」

「行き暮れて、木の下陰を宿とせば、花が……なんだっけ」

「花や今宵の主ならまし、だよ」河守はいった。「絶対これだ。間違いない。こんな、アルジっぽい桜、見たことないもん」

「アルジっぽい桜って、なんじゃそれ」

ぼくはそういって笑ったけれど、河守のいう通りだと思っていた。この桜の下だったら、テントや旅館よりずっと豪華で贅沢《ぜいたく》に泊まれる。いつまでも。

ぼんやりしているのに飽きて、リュックサックから使い捨てカメラを取り出して桜の写真を撮ったり、枝のいちばん先端まで歩いていって眺めたりしていると、テレビでよく見る「告《こく》る」っての、やっちゃおうかな、なんて思ったりもしたけれど、思っただけで恥ずかしくなったから、黙っていた。

「ぼけーっとしちゃってえ」

ぼくはひとしきり写真を撮ると、幹のところに戻ってきて、カメラをリュックにしまった。

ぼくがリュックから向き直ると河守は、

「ほれっ」

と、いきなりゴムボールを投げてきた。びっくりしたぼくはキャッチできず、ボールはぼくの鼻にぶつかってバウンドした。

「痛っ」

「痛くないっ。キャッチボールしよ」

「そんなのまで持ってきたのお？　もうそろそろ帰んないと」

「いいから！」

河守は気合を入れるように両手をパンパン！　と鳴らした。ぼくは立ち上がってボールを拾い、さっきまで河守がいた枝の先あたりまで行く、と見せかけて途中で振り返ってさっとボールを投げた。

「フェイントぉ！」

失敗だった。河守はしっかりボールをキャッチした。

「ずるい！」

河守はでたらめなフォームで投げてきた。ひょろひょろの球だった。今度はちょっと真面目に、いつも校庭でやるくらいの距離から投げると、河守もしっかりしたボールを返してきた。

冬になってから、野球は滅多にやらなくなっていた。キャッチボールだけでも楽しかった。もともとキャッチボールだけで良かったのかもしれなかった。肩はどんどんあったまっていって、ボールが掌《てのひら》にあたる刺激が心地よかった。

ぼくたちは落武者も、学校も、おたがいの家や帰らなきゃいけない時間のことも忘れていた。まるで最初からここへは、キャッチボールをしに来たみたいだった。ぼくたちの浮かれた気分は続いていて、ボールを投げたり受け取ったりすることで、その気分はいっそうふわふわとなった。ぼく以上に河守がふわふわしていた。それは確かだった。ぼくたちは、黙ってただキャッチボールをしていたのではなかった。ずっと二人で話をしていた。

どれくらい、そうしていたか判らない。少しも飽きなかったし、疲れなかった。頭が悪くなったみたいに、ほかのことはすっかり忘れていた。ずっとキャッチボールをしながらお喋りしてて楽しいなら、なんでほかのことをあれこれ気にしなきゃいけない？　ぼくたちは会話の合い間に意味もなくげらげら笑ったりしていた。

あれは笑いながら投げたせいだったんだろうか、それとも何か別の理由があったのか。うまく思い出せない。ぼくの手からボールがすっぽ抜けた。

「悪い！」ぼくは叫んだ。

「オーライ！」

河守はボールを追って桜の幹の、ぼくから見て左側に走っていった。ボールは弧を描いて、河守の指先五センチくらい上を通り抜けようとしていた。河守は右手を伸ばして上を向き、身体を少しのけぞらせた。

そのままいなくなった。

3

ぼくはすぐに桜の根元に走っていった。河守は幹の裏側に倒れたに決まっていた。見た感じでは、ボールに向かって背伸びをして、キャッチした瞬間に消えてしまったようだったけれど、そんなわけはない。

「河守い」

なんの音もしなかったから、大した怪我もしてないだろうと思った。無数の花びらがクッションになっているかもしれない。

「河守い。どこ？」

幹の裏側に河守はいなかった。

ぼくたちがいた平地の裏側も、平らな場所だった。キャッチボールができるほどは広くないし、さらに上にあがる山道らしいゆるやかな傾斜があった。子供が落ちてしまうような絶壁も、窪《くぼ》んだところもなかった。ぼくは花びらや落ち葉を踏みならしながら、

「河守。おーい。河守ぃ」

大きな声で呼んだ。呼ぶ声は、だんだん大きくなった。

そのうち気がついた。あいつ桜の木によじ登ったんじゃないだろうか。あいつが急にいなくなってぼくがあわてふためいているのを、上から笑って見ているんじゃないだろうか。ぼくは桜を見上げた。花が多すぎて、枝も高すぎて、河守がいたとしても見えなかった。

「おいこらー。河守ぃ!」

細い枝はいっぱい伸びていた。だけど人が立ったり足がかりにできそうな太い枝は、いちばん近いやつでも二メートルくらい上にあった。それでもコブや細い枝にしがみついたら、登れるかもしれないと思って、ぼくは桜に登ろうとした。全然だめだった。桜の幹はザラザラしていたけれど、ゴム長靴で踏ん張れるほどではなかったし、細い枝はつかむと折れたり、しなったりした。そのうち手が痛くなって、ぼくは桜に登るのを諦《あきら》めた。

「河守。河守」

汗が出てきた。ぼくは平らになっているところの端から端まで、河守の名前を叫びながら何度も走り回った。平らになっているところの向こうは、傾斜した雑木林だったけれど、どう見ても集落の子供が、ましてあの活発な河守が、落ちて返事もできないほどになるような場所ではなかった。ぼくは頭をかきむしった。

「なんだよ！」ぼくは絶叫した。「いい加減にしろ、河守！　シャレになってねえぞ！」

泣いたらいけない、と我慢しようとした。でも涙が出てしまった。いったん出ると、涙は止まらなくなった。それでも呼ばないといけないという気持ちだけはあって、ぼくは鼻声で赤ん坊みたいに呼び続けた。

いつまでも平らな場所を走っても、どうしようもなかった。桜の幹の裏手に回って、傾斜を上がってしんののさらに上まで行くしかない。ここから頂上まで、どれくらいあるのか見当もつかなかった。とにかく見るだけでも見てみようと、ぼくは傾斜を駆け上がろうとした。でも十歩も行かないうちに目の前にあるものを見て、凍りついてしまった。

そこには古ぼけた鳥居が立っていた。その向こうは真っ暗闇で、傾斜が続いているのか、道があるのか、そもそも地面があるかどうかすら見えなかった。ただ木を組んだだけのやけに高い鳥居があって、上も下もただ黒かった。どうしても足が動かなかった。

「河守ーっ！　河守ーっ！」

声を限りに、鳥居の先へ向かって叫んだ。鳥の声も風の音もしなかった。完全な無音だった。

ついさっきまで、あんなにはしゃいだ気持ちだったのに、今は寒くもないのに震えが止まらなかった。気がつくと、ぼくは両手をすり合わせて振っていた。鳥居の先に懇願するみたいに。このまま河守が見つからなかったら、ぼくもこの場に消えてしまう方がマシだった。まさかこのまま、しんのに河守を置いて、一人で帰るわけにいかない。お母さんやおばあちゃんにばれたらどうする。どうやって話したらいい？

おろおろしているうちに、はっとなった。もしかして河守こそ、一人で帰っちゃったんじゃないだろうか？　ぼくを置いてけぼりにして、しんのを下りちゃったのかもしれない。そう考えると、ほんの少しだけ落ち着くことができた。そう思うよりほかに、落ち着くことができなかったといった方がいい。ぼくはすぐに河守を追っかけて、しんのを出ようと思った。だけど、鳥居の前から桜の根元を通り過ぎて、さっき来た道に向かおうとして、ぼくの足はまた止まってしまった。そこに河守のリュックサックが見えたのだ。リュックを忘れて帰るなんてあるだろうか。

「バカ、あの、バカ野郎」

そんなことを一人でつぶやきながら、ぼくはリュックを拾い上げた。その時ちょっと桜の幹に手をかけた。幹はさっきよりずいぶん冷たくなっていた。

リュックを背負い、自分のビニール袋を持って、来た道を戻った。最初のうちは歩きながらも河守を呼び続けていたけれど、すぐに喉がかれてしまった。桜の平地を過ぎると、道はとたんに暗くなった。ビニール袋から懐中電灯を出して、あたりを照らしながら、かれた声で河守を呼んだ。

登った時とは比べ物にならないくらい、あっという間にしんのを出てしまった。家まで続く道を、ぼくは歯を食いしばって走った。もう大人に助けてもらうしかない。きっと叱られる。河守を一人で見つけられなかった自分が悪者になる。河守にも笑われる。クラスのみんなが馬鹿にする。ぼくはいてはいけない人間になってしまった。それでも、大人に助けてもらうしかない。

誰かに上から両肩をつかまれた。息が止まった。目の前でお母さんがぼくの顔を恐い顔で覗き込んでいた。

「智玄っ！」お母さんがぼくの肩をゆさぶった。「どうしたの！　しっかりしなさい！」

「お母さん」

ぼくは泣き叫んだ。

「おばあちゃんも私も、さっきからずっとあんたのこと呼んでたじゃない。何があったの！」

「しんのに入ったか」

おばあちゃんが、お母さんの後ろにいた。

「どうした。そのリュックは何」

尋ねられても、すぐには答えられなかった。お母さんにどやされた。

「智玄！」

「河守が」必死に目をしばたいて、涙をこらえた。「いなくなっちゃって」

「河守とこの娘か」おばあちゃんの声は低かった。「河守の娘としんのに入って、いなくなっちゃったんだな？　いつだ」

「さっき」

「さっきってどれくらい前なの！」お母さんは怒鳴っていた。

「判らない」

「判らないなんて駄目でしょ！」

「よし。あたしが行ってみる」おばあちゃんがいった。「星子。警察と消防団に電話して」

「私が探すわよ」お母さんはぼくの肩を放していった。「お母さん一人じゃ無理よ」

「お前はしんのに入ったことないだろ。あたしは知ってる」

「行かないで」ぼくはまた泣いてしまった。「おばあちゃん一人で行ったら嫌だ」

「おばあちゃんは大丈夫だ。すぐ戻ってくる」

そういうとおばあちゃんは、早足でしんのに向かっていった。

そこから家に戻って、警察と集落の消防団長さんの家に電話をし終えるまで、お母さんはぼくの腕を離さなかった。

4

パトカーよりも早く、小型の消防車が家に来た。消防団のおじさんたちに連れられて、ぼくはまたしんのの桜まで行った。おばあちゃんは桜の根元で、疲れた恐い顔で立っていた。お巡りさんがいっぱい来て、ぼくはお母さんや消防団の人たちに話したことを、もう一度話した。しんのは長い棒を持った大人たちでいっぱいになった。しんのも、桜の平地も、さっきと同じ場所とは思えなかった。暗くて、寒くて、じめっとしていた。

いちばん不思議で気持ちが悪かったのは、桜だった。あんなに満開だった桜は、ごっそり散ってしまって、枝にはちらほらとしか残っていなかった。地面に落ちた花びらも、どこかへ飛んでいったのか、鮮やかなのはどこにもなく、わずかに残ったやつが、暗い地肌の中でみんなに踏みつけられていた。

おばあちゃんとお母さんに連れられて家に帰ると、コートを着た刑事さんが二人いて、ぼくはまた河守の話をさせられた。家の外からは、人がいっぱい集まっているみたいな音や声が聞こえていた。

「判りました」刑事さんの一人が、そういってノートを閉じた。「いなくなってからそう時間も経ってないし、小さな山ですから、亜菜ちゃんはきっと見つかると思います。智玄君は心配しなくていい。亜菜ちゃんが見つかったら、お母さんにいっぱい怒られると思うけどね」

刑事さんはちょっと笑顔になってから、ぼくの隣にいたお母さんとおばあちゃんにも目をやった。

「それから、亜菜ちゃんのご両親から伝言があります」

「河守さんは、どうなさってますか……？」お母さんの声は震えていた。

「山で捜索に協力なさってます。あとでいらっしゃるそうですが、今夜はもう遅いですからね。智玄君にくれぐれも伝えておいてほしいといわれました」

「なんでしょう」

「申し訳なかった、と。智玄君は少しも悪くない、お父さんがいけないんだ、とのことです」

そういわれても、ぼくには意味が判らなかった。それが表情に出ていたのだと思う。刑事さんは付け加えた。

「あの山に行きたいといっていたのは、亜菜ちゃんだそうです。お父さんはそれを知っていて、止めなかったみたいですね。お父さんは、行きなさいと勧《すす》めたらしいです」

第五章

仏壇の前で手を合わせていると、玄関の開く音がした。

母が帰ってきたのだ。ぼくはそのまましばらく仏壇の前に座っていた。そうやっているところを、母に見せるためだ。帰郷すると決まって、

「智玄、あんたおばあちゃんに挨拶したの？」

といわれるのが、うるさい。座っているところを見せれば、文句をいわれることもないだろう。

「ああ、おかえり」

やっぱり母だった。そして思った通り、「挨拶」のことで文句をいってこなかった。

「いつ帰ってきたの？　お腹減ってる？」

これも母の口癖だ。

「そんなに減ってない」

お昼を、少し過ぎていた。

母はトイレに行って手を洗うと、着替えもしないで台所に立ち、火を使い始めた。

東京では一人で暮らして、自炊もちょくちょくしているし、だいいちもういい大人なんだから、出かけて帰ってきた母親に昼飯を作って貰うなんて、甘えすぎている。それは判っているんだけれど、帰るたびにこんな風に、母の料理を待ってしまう。母もぼくの世話を焼くのを楽しんでいる……と思う。

とはいえ、さすがに学生時代のように、母一人に何もかもやらせて、自分は畳の上で横になっているわけにもいかないので、ぼくも台所で母の横に立った。

「なんにもないから、山菜そばでいい？」

「いいよ」

鍋で湯を沸かしたり、シンクの生ゴミを片づけたり、どうでもいい手伝いをしながら、ぼくはてきぱきと立ち働き、ぺらぺらと明るく喋る母を、横から見ていた。

母は老いていた。家の中で一人にならないように（という理由だけでもないだろうけれど）外へ出て忙しく働いているせいか、足腰も声も、頭もしっかりしている。だけど髪の毛はもうすっかり真っ白になってしまったし、首や手の甲には縦長のシワが細かく並んでいる。歩き方もゆっくりだ。気のせいかもしれないけれど、東京で見かける同世代の女性より老けているんじゃないだろうか。

「いつまでいるの？」

何時間か前に帰ってきて、さっき会ったばっかりなのに、母はそんなことを尋ねた。

「火曜日には帰らないと」

母がそんなことを訊いてくるのは、寂しいからだろうと、恐る恐るそう答えると、母は案外平気な顔——その時にはそう見えた——をして、

「そう」といった。

そして間を置かずに母は畳みかけてきた。

「しんのに行くつもり」

語尾が上がっているのかいないのか、よく判らない微妙な口調だった。ましてそこに込められているのがどんな感情なのか、ぼくには読み取れなかった。少し哀しそうに聞こえたが、それはぼくが直前まで母の老いを、横で見ていたからかもしれなかった。

「行くよ。行くなっていうんでしょ」

ぼくは答えた。ぼくたちはそう特別に仲がいいわけでもないけど、でもお互いの感

情に探りを入れなければならないような、むなしい親子じゃない。

「もうちょっと時間を置いて、さりげなくいおうと思ってたんだけどなあ」

「くだらない遠慮だね。あんたがこのタイミングで帰ってくるって聞いた時から、そんなこったろうと思ってたわよ」

ぼくは茹《ゆ》でたそばをザルに移し、ざっと流して水を切り、ふたつの丼に分けた。そこへ母が山菜とつゆをかける。冷蔵庫に卵焼きと、ピーマンの肉詰めが残っていた。

「ちょっと、一応……」

見定めてみたいんだ。その言葉が、うまく口から出てこなかった。

「私は、反対」母はそういって、山菜そばと惣菜をお盆に載せた。そしてぼくを真正面から見て、「善男さん、来たよ」といった。

「いつ」ぼくは内心どきんとした。善男さんには、ぼくもいいたいことがある。

「昨日。しんのが鳴り始めて、ちょっとしてから来た」

「なんていってた？」

「私には、善男さんが何をいってるかなんて、もう判らないよ。冬至《とうじ》が、どうしたとか、今年が、十九年目だから、なんだとか。……ここ十五年だか二十年ばかり、ずっと判らないまんまだ。判ろうとも思わないし、判ったって、あんなこと、信じられるわけないよ」

そうはいいながらも母は、善男さんを軽蔑しているのではなかった。これまでもそうだったように、母は善男さんが、気の毒でならないのだ。

「今の善男さんに、集落の人はいろんなこと、いってるみたいだけどさ……」

母はそんなことを付け加えた。そして最後までいいきらなかった。

「善男さんと一緒に、しんのに行ってみようと思う」ぼくは思い切っていった。それから、「ちょっと様子をね、見に行くだけだから。一応」と付け加えた。

母はいいとも悪いとも答えなかった。その代わりに、

「……いつまでも気にしない方がいいんじゃないの……」

丼に目をやりながら、母は呟いた。

善男さんのことをいっているのか、ぼくに向かっての言葉なのか、はっきりしなかった。母が、自分自身にいい聞かせているのかもしれなかった。

1

河守亜菜の捜索に、ぼくは殆《ほとん》ど協力できなかった。しんのから戻って刑事さんに話

をして、それからすぐにぼくは熱を出してしまったからだ。

「あんた、ちょっと横になりなさい」

ぼくのおでこに手を当てたお母さんにそういわれたのを最後に、ぼくはそれから月曜日までの記憶を失った。

正確にいえば、ぼくはそのあいだ、自分が布団《ふとん》の中でうなされているとは思っていなかった。

ぼくは闇の中で走り回っていた。最初のうちは、何か恐ろしいものに追いかけられて、泣きながら逃げていた。逃げても逃げても恐ろしいものは追いかけてきて、ぼくは何時間もぐにゃぐにゃした見えない地面を走り続けなければならなかった。逃げている場合じゃない、早く河守を見つけないと、と思いながら逃げるのは苦しかった。前後左右、すべてが闇の中で、もし近くに河守がいたとしても見つけることはできない。だからぼくは無茶苦茶に手を振り回しながら走った。走っているあいだに偶然、河守にぶつかったり触れたりするかもしれないから。

けれど両手を振り回すたびに、誰かがその手を抑えつけた。その誰かは一人らしいときも、二人がかりらしいときもあった。その誰かが泣いていることもあった。けれどぼくは河守を探さないといけないから、振り回すのをやめることはできなかった。

どうしても抑えられているときには、肩を振って前に進んだ。誰かがぼくに向かって何かを叫んでいた。ぼくには何も判らなかった。ただ苦しかった。

恐ろしいものから逃げているだけでは、河守は探せないに決まっていた。ぼくは迷うだけ迷い、怯《おび》えられるだけ怯えて、恐ろしいものに向かって行くことに決めた。勇気を出すには、大声で叫ばなければならなかった。すると冷たくて優しいものが頬に触れた。ぼくは恐ろしいものに向かって突進した。

恐ろしいものは大きかった。どこからどこまでか見当もつかなかった。今までの闇よりも、もっと暗かった。絶望して泣きじゃくりながらぼくは走り、どこまで走れたかも判らないまま、やがて気を失った。

目を覚ますと布団の中にいた。隣にお母さんが、座椅子に背中をあずけて眠っていた。テレビがつけっぱなしになっていた。

ぼくは、はっきり憶えていないけれど、うはっ、みたいな声をあげて飛び起きたような気がする。それでもお母さんは目覚めなかった。足をぼくの方へ伸ばし、首をかしげたまま目をつぶって、寝息を立てていた。半開きになった右の手のひらの中に、テレビのリモコンがあった。そのリモコンを取ろうとして手を伸ばした時に、お母さんはゆっくりと目を開けた。この時のことは、こんな細かいことまで、よく憶えていいる。

目を覚ましたお母さんがぼくを見て、疲れた顔に浮かべた精一杯の笑みも、憶えている。自分でも不思議だ。

「起きた？」お母さんはいった。

「うん」

「何か、食べる？」

お母さんはテレビを消して、ゆっくりと立ち上がり、台所へ行った。

ぼくは身体を起こした。

全部、夢だったんじゃないだろうか。しんので河守がいなくなったことも、しんのに河守と行ったことも、すっかり夢の中の出来事で、本当は、ただ眠っていただけなんじゃないだろうか？

鼓動が全身を震わせるような、そんな期待も、立ち上がったとたんにしぼんだ。縁側のガラス障子の向こうに、庭に停められた一台のパトカーが見えた。お巡りさんと消防団の人が、背中を向けて話していた。その背中を見たら、身体がさあっと寒くなった。部屋の中にはヒーターも石油ストーブもついていたのに。

「まだ見つかってないの」

台所から戻ってきたお母さんが、ぼくの見ている光景に気づいて、静かにいった。

「みんな一生懸命探してる」

お母さんの作ってくれたおかゆには、四つに割ったミートボールが入っていた。

2

ぼくが目を覚ましたのは、月曜日の朝の六時前だった。どうやらぼくは、実際には土日のあいだも二度か三度目を覚ましていて、おかゆや温めたミルクを口にしたり、手を引かれながらトイレにまで行っていたらしい。ぼくは憶えていないし、ぼくが立ったり食事したりしながらも朦朧《もうろう》としているのは、お母さんもおばあちゃんも、お医者さんにも判っていたらしい。ぼくが身体的な病気ではなく、一種のヒステリーに罹《かか》っていたのはみんな判っていたと、これはずっと後になって聞いた。ぼくがただ眠りこけているのではなく、闘っているのだと、おばあちゃんとお医者さんは意見が一致したそうだ。

そのおばあちゃんは、ぼくがおかゆを食べているあいだに外から戻ってきた。

「智玄、起きたか」おばあちゃんはいった。

ぼくはおばあちゃんが、次に何をいってくるのか判らなくて、言葉で返事ができず、ただ頷いた。

「歩けるか。歩けるな」

ぼくはまた頷いた。

「今日が何日か判るか」

ぼくは首を横に振った。

「二十五日の月曜日だ。智玄、歩けるんだったら学校へ行け」

胸がぎゅっと締めつけられた。汗も出てきた。

「行きたくないよ」

「今日はまだ無理よ」お母さんも、すぐにそういってくれた。「さっきようやく意識が戻ったんじゃないの」

「明日は終業式だろ。冬休みになったら、学校には年が明けるまで行かれない。今日と明日は何がなんでも学校へ行け。先生にも友だちにも、みんなに顔見せてこい」

「いやだよ」

ぼくは、ぐずっているのではなかった。迷っているのでもなかった。本当に学校へ行くのが恐かった。何があったか、自分が何をしてしまったかが、目覚めとおかゆで次第に明瞭になっていくにつれて、お母さんもおばあちゃんも、さっきからぼくを全然叱りつけてこないことが、不思議にさえ思っていた。

ぼくはとんでもないことをしてしまった。もしかしたら警察に逮捕されるようなことなのかもしれない。そんな取り返しのつかないことをしたぼくを、学校のみんなはなんというだろう？　和田先生やほかの先生や、同級生やほかの生徒たちは、どんなことをいってくるだろう？　そんなことを、ちょっと思っただけで、ぼくは聞こえてもいない人々の声から、耳をふさいで逃げ出したくなった。

「行ってこい」おばあちゃんはぼくの気持ちを見透かしていた。「いつまでも布団の中で丸くなってたら、布団の中で腐るぞ」

ぼくは俯《うつむ》いて、黙っていた。布団の中で腐っても構わないと、本気で思った。

「お前は悪くないんだ」おばあちゃんはいった。「誰も悪くない。それは智玄の友だちも、学校の先生も、みんな知ってる。だけどな、だからといって、みんなの方からお前のところへ寄って来て、智玄君は悪くないよ、なんて慰《なぐさ》めてはくれないんだ。それどころか、お前が姿を見せなかったら、あいつは何か、後ろ暗いところがあるんじゃないかって、そんな陰口をたたくやつが、必ず一人二人は現れる。集落ってのはそういうところだ。そのうちだんだん陰口の方がふくらんでいく」

ぼくはまだ黙って、おばあちゃんの目を見ないように下を向いていた。

「いいか智玄、こういうことは、これからもあることだから教えとく。死んだおじいちゃんのいってたことだよ。人間、壁に突き当たったら、その壁に全力でぶつかっていけ！　恐かろうと自信がなかろうと、ほかにどうすることもできないんだから」

おばあちゃんの話に、納得したわけじゃなかった。励まされなんか、全然しなかった。理解できないところもあった。お母さんも不安そうな顔でぼくを見ていた。

でも結局、ぼくは着替えをしてランドセルをしょって、家を出た。おばあちゃんの気迫に圧《お》されたのだ。せめて今日ばかりは学校まで送っていくというお母さんを、おばあちゃんは止めた。

玄関を出たとたんに、切るような寒さがマフラーを突き抜けて襟首《えりくび》の中へもぐりこんできた。庭からは、しんのは見えない。しんのに向かう道に走っていく消防団の人たちとすれ違った。お巡りさんが二人いて、ぼくを見たけれど、なんにもいわなかった。

門の外には自動車が並んで停まっていて、どの自動車にも大人が座っていた。ぼくがその車列の前を通りすぎようとすると、大人たちは出てきて、二人か三人くらい、ぼくに向かって走ってきた。

「鳴海智玄君？」太った男の人が声をかけてきた。「具合が悪くて寝てるって聞いたけど、もう大丈夫なの？」

「うん」

その人の声がなんとなく柔らかかったので、ぼくは自然に答えた。答えてから、これもなんとなくだけど、恐くなった。

「そう。良かった。あのね、○○新聞なんだけど、ちょっと話聞かせて貰えるかなあ」

「おい」太った人の背後から、若いお巡りさんがやって来て、声をかけた。「いいのか」

すると太った人は、明らかにうろたえた。ほかの大人たちも足を止めた。

「あのさ」太った人はぼくに作り笑いを浮かべた。「いやだったら、いいんだからね。強制しないから。ね？」

ぼくはどうしたらいいか判らなくて黙っていた。すると太った人は、

「あ、じゃ、いいやいいや」

と言葉尻を濁しながら、自動車に戻っていった。

新聞記者とか「マスコミ」が人に付いていく様子は、ぼくもテレビで見ていたから、もっとしつこくされるのかな、と思ったけれど、こんな小さな集落で、テレビみ

たいなことがあるわけがなかった。大人たちはぼくが坂を下りていくのを、ただ遠巻きに見ていた。

坂道はひどく寒かった。もうすぐ冬休みなんだから、寒いのは当たり前のはずだったけど、それでも不思議に思えるくらいの寒さだった。

「あっ」

ぼくは声を上げて足を止めた。振り返って引き返そうかと思った。

寒さが不思議に思えるのは、しんのが寒くなかったからだ。でも今は寒い。

この寒さの中、河守は今もずっと、山の中に一人でいる。

雑木に囲まれた暗い場所で、しゃがみながら、細い足を震わせている河守の姿が浮かんだ。いても立ってもいられなかった。涙がぽろぽろこぼれてきた。なのに、どうすることもできなかった。ぼくは声を出さずに泣きながら、坂を下りて学校へ向かった。

一人きりで学校まで歩いていることが、おかしなことのようにも、当たり前のようにも思えた。通学路の途中で、誰とも会わなかったことは、それまで一度もなかった。同じ方向から通学する和田ラーメンとお兄さんの林太郎さん、下級生の麻生の三人のうち、少なくとも誰か、たいていは三人ともと、どこかで一緒になって、お喋りしながら校門を入っていくのがいつもだった。

県道を半分くらい歩いたころには、涙も乾いていたけれど、頬に泣いた跡が残っているのは、見えなくても判っていた。そんなもの、誰かに見られたら恥ずかしいから、一人で歩くのはかえって都合がよかった。

それでも、気持ちがちょっと冷静になると、ずうっと自分一人しか歩いていないのは、やっぱりちょっとおかしいなと思うようになった。ぼくは県道を見渡そうとして、振り返った。すると百メートルくらい後ろに和田ラーメンと林太郎さんが歩いていて、ぼくが振り返ったのに気づいて、びくっと歩みを止めた。

ぼくたちはそのままの距離で、ちょっとお互いを見つめ合った。それからぼくはまた前を向いて、学校まで一人で行った。もう泣くのが恥ずかしいなんて思わなくなった。誰に何をいわれてもかまわない。涙は教室に入っても止まらなかった。ぼくは机に突っ伏して泣いた。顔を伏せていても、みんなが遠巻きにぼくを気にしているのが判った。

3

教室に集まった人の数は、始業時間が近づくにつれて、どんどん増えていくようだった。ぼくはますます顔を上げるのが恐くなった。みんながぼくの周りに集まって、ぼくを責めに来ているのかもしれなかった。

そのうち、教室の中がざわざわしてきた。四年生しかいないとは思えなかったし、大人の気配もあった。しばらくすると、誰かが肩をそっと叩いた。それでもぼくは顔を上げなかった。

「鳴海君」

弱々しい声だった。ぼくは顔を上げた。

善男さんが真っ赤な目に涙をためて、奥歯を噛《か》み締め、ぼくを見ていた。

教室には全校生徒——といっても、一年生から六年生まで合わせても、三十人くらいしかいなかったけれど——がいた。先生も和田先生だけじゃなく、校長先生、教頭先生、高橋先生やほかの先生が、教壇に揃っていた。生徒のお母さんたちも何人か教室にいた。ぼく以外の全員が立っていた。

「本日は、緊急にお呼びかけしたにもかかわらず、皆さんお集まりくださいまして、有難《ありがと》うございます」

いつもはジャージで歩き回っている教頭先生が、その日はスーツを着ていた。

「皆様すでにご承知のことと思いますが、先週金曜日の夜、当校四年生の河守亜菜君が、山中で行方《ゆくえ》不明になりまして、現在も懸命の捜索が続いております。この件につきまして、河守君のお父様より、皆様にお話をしたいという申し出が当校にありました。つきましては当校からも、生徒の皆さん、保護者の皆さんに、現状のご報告と今後につきまして、あわせてお話しさせて頂きたいと思います」

教頭先生がそういって一礼すると、皆が頭を下げた。

ぼくは、みんなが立っておじぎをしているのだからと、それだけの理由で立ち上がったのだった。それなのにぼくが椅子をずらした音に、その場の全員が視線を向けた。

ぼくはすくんでしまった。みんなも次に何が起こるかと、じっとぼくを待っているようだった。追い詰められたような気持ちになって、また涙が出そうになった。

「鳴海君」

和田先生が教壇をおりて、ぼくの肩に手を当てた。

「ちょっと、二人で話しましょう」

和田先生はぼくを廊下に連れだした。

「鳴海君、大丈夫?」和田先生はしゃがんで、ぼくと目線を合わせてからいった。

「びっくりした? 亜菜ちゃんのお父さんが、昨日の夜に連絡してきてね、急にこんなことになっちゃったの」

「大丈夫」ぼくは小さい声でそう答えるのが、精一杯だった。

「昨日、鳴海君ちにお見舞いに行ったのよ、先生」和田先生はそういって笑顔になった。「その時は鳴海君、うなされてたから、先生も心配したけど、学校に来てくれたから、ホッとした」

教室ではどうやら、校長先生が警察や消防団の発表を報告しているみたいだった。

「あのね、それで、鳴海君のお母さんやおばあちゃんとも話したんだけど、鳴海君、ここでみんなに、あの時何があったか、お話できる？」

「できる」

即座にそう答えたことに、ぼくは自分で驚いた。

「何があったかは、鳴海君しか知らないし……」といいかけて、和田先生も改めてぼくを見た。「えっ、いいの？　できるの？」

ぼくは頷いた。でももうこの時には、すでに自分の自信を疑いかけていた。

「お母さんもおばあちゃんも、それしかないっていってたの」先生はいった。「だけど先生は、それが最善かどうか判りませんっていった。そしたらおばあちゃんが、最善かどうかは私たちにも判りませんけど、それ以外にはありません、て」

和田先生は話しながら、ぼくの腕をさすっていた。——今にして思えば、先生はこの時点でもまだ、判らなかったのだろう。大きな事件、しかも未解決の事件について、唯一の当事者であるとはいいながら、小学四年生を注目の矢面に立たせていいものかどうか。

「よし。じゃ行こう」先生はそういって頷いた。「うまく説明できなくてもいいんだからね。もし言葉に詰まったり、判らなくなったりしたら、先生が助け舟を出してあげるから」

ぼくはもう一度頷いたけれど、さっき「できる」と答えた時のような、不思議な勢いはなくなっていた。

和田先生が教室の前の扉を開いて、ぼくを中へ促《うなが》した。校長先生はまだ喋っていた。何を喋っていたのかは憶えていない。教室に入ったとたん、また一斉に集まったぼくへの視線に、頭の中が真っ白になった。

校長先生は話を締めくくったはずだし、それに続いて和田先生は、ぼくが話をすることをみんなに告げたはずだ。ぼくは全然憶えていない。いつの間にかぼくは教壇に立っていた。

うまく話せた実感は少しもない。時折、ぼくは何を喋っているんだろうと思ってしまうところもあった。けれどもみんなは、とても熱心に聞いてくれた。なんとなく、ぼくはみんなに謝らなければいけないように感じた。登校してきた時の和田ラーメン兄弟の姿を思い出したりした。だけど、何を謝るのか判らなかった。とにかく、金曜日に何があったか、全部話すのが先だと思った。お母さんや警察の人や消防の人に喋っていたので、順を追って話すことはできた。恥ずかしいこと――河守と二人きりでいたこと、歌を歌ったこと――や、みっともないこと――泣いてしまったこと、一人でしんのから走って出てきたこと――も、一気に話してしまった。

　話しながら、また涙が出てしまった。やっぱり自分は悪いことをしたんだ、ということが、話すことではっきりしてきたから。ぼくは河守をしんのに連れて行ってはいけなかった。ぼくは行かせないことだってできたのだ。しんのはぼくんちの山なのだから。河守とキャッチボールをしていたあたりから、だんだん嗚咽《おえつ》で言葉が出なくなった。

　教室中がしいんとなった。みんなの顔が見られなくて、ぼくはうつむいていた。

「鳴海君のご家族は、今日はお越しになることができないということです」

　和田先生の声がすぐ後ろでした。それまでぼくは、先生がずっとついていてくれたことに気が付いていなかった。

「ですが、伝言を預かっています。ひとつは鳴海君の口から、皆さんに説明をさせるようにということ。もうひとつは、鳴海君の話に判らないことがあったら、皆さんどうかご遠慮なく、彼に質問をしていただきたいとのことでした。ですので、どうか何か訊きたいことがありましたら……」

誰も、何も尋ねてこなかった。しいんとしたままだった。ぼくは和田先生に肩を抱かれて教壇を降り、隅っこの椅子に座らされた。

善男さんは、ぼくのあとにすぐ、紹介もされないまま、一人で教壇にあがった。

「皆さん、このたびは娘の亜菜のことで、大変なご迷惑、ご心配をおかけしてしまって、誠に申し訳ありませんでした。……特に、鳴海智玄君と、そのご家族には、お詫《わ》びのしようもありません……」

そういって善男さんは、震えながらぼくに向かって、深く長く頭を下げた。

「皆さんは、これが亜菜と智玄君の勝手な振る舞いから起きたことだと、思っておられるかもしれませんが、そうではありません。これはすべて、わたくしのせいで起こってしまったことです。智玄君は、自分の責任のようにいっていましたが、実際はわたくしが、二人をそそのかしたも同然だったのです……」

善男さんは、青白くなった顔に流れた涙をハンカチでさっと拭《ぬぐ》うと、自分をどやしつけるように、背筋を伸ばした。

「皆さんもご存知の通り、わたくしは父を引き継いで、この集落の郷土史を研究しております。鳴海さんのお宅にあります、あの、しんのと呼ばれている山は、その研究にとって重要な場所です。しかし鳴海さんは、当然のことですが、部外者にしんのへの安易な立ち入りを許しておりません。そこでわたくしは、鳴海君と亜菜が集落の歴史に興味を持ったことを、いわば利用してしまったのです。二人にしんのを調べてもらいたいと、思ってしまいました。

鳴海君は、最初のうちこそ興味を持ったようですが、結局はあまり乗り気ではなくなったようだと、わたくしは亜菜から聞きました。鳴海君の判断は賢明だったのです。それをわたくしがそそのかしたのです。亜菜に、しんのがどんなに不思議な、魅力的なところであるかを、わたくしは吹き込みました。そのために亜菜はすっかり夢中になってしまって、一人ででも行くとまでいうようになって……。鳴海君はそんな亜菜が心配になって、ついて行ってくれました。それが……わたくしのせいで……こんなことに……」

善男さんは、ひと目もはばからずに泣いた。

「亜菜ちゃんが、見つからないと決まったわけではありませんから……」

校長先生がそんな言葉をかけて、教頭先生が善男さんを教室の後ろに連れて行った。

「亜菜ちゃんについては、私たちみんな、心配をしています」校長先生は朝礼の時みたいな感じでいった。「ただ、保護者の皆さんはですね、どうか推測でもって、生徒たちの不安を増大させないように、お願いいたします。小さい集落ですから、どんなことも話し合って、情報を共有していくべきだと思います。今後も何かありましたら、学校としてできるだけ情報公開をしていきますので、皆さん、どんなことでもお尋ねください」

「あ、それについては、鳴海さんのお宅から、もうひとつ皆さんに言伝《ことづて》があります」和田先生が大きな声でいった。「えっと、鳴海さんのお宅では、どんなことでも隠さずお話ししますから、いつでもいらしてくださいとのことです。よろしくお願いします」

結局この日の学校は、この集会だけでおしまいになった。みんな黙ったまま、大人も子供もしいんとしたまま、教室を出て行った。

四年生の十三人と和田先生だけが残った。先生が残りなさいといったわけでも、お互いに示し合わせたわけでもなかった。ほかの人たちがさあっといなくなったあとに、いつもの四年生——一年生のときからずっと一緒にいるみんなが残ったのを見ただけでも、ぼくはまた涙をこぼしそうになった。

たくさんの人が帰ったあとで、机も椅子も教室の中でばらばらになっていた。みんなそのばらばらの椅子に座っていた。和田先生も座っていた。和田先生の座れる、生徒の椅子があったのだ。河守亜菜の席が空いていたから。

女子はみんな泣いていた。男子も何人か泣いていたり、頬に涙の跡をつけている子がいた。みんな黙っていた。

「鳴海君、よく話してくれたね」和田先生も涙声だった。「怖かったでしょう」

「ごめんなさい……」怖かったでしょう、といわれて、ぼくはしんのを下りたときを思い出した。

また長い沈黙が続いた。

「子供だけで、夜に山の中へ入っていくのは、いけないことだったと先生は思う」和田先生は、ゆっくりといった。「河守さんのお父さんは、ああいっていたけれど、それでもやっぱり……」

「あの人、おかしいんだよ！」

突然、怒ったように口を開いたのは、和田ラーメンだった。

「いっつも変なことばっかり、いってんだよ。お兄ちゃんなんかさ、それですっかりだまされちゃってんだよ。ぼくにも変なこと、いっぱいいってたよ！」

「変なことっていうか、郷土史ね」和田先生は静かにいった。「鳴海君が夏休みの自由研究で、やってた。平家物語の話と、この土地の関係について……。あれも河守さんのお父さんから聞いたお話だったんでしょ」

「インチキだったんだよ、あんなの！　だってメチャクチャだもん！」

和田ラーメンと林太郎さんは、善男さんの話を誰よりも熱心に聞いていた兄弟だったから、こんなに反発するのは不思議に思えた。

先生は和田ラーメンの気持ちを見抜いていた。

「河守さんのお父さんが、この集落を研究していなければ、こんなことにはならなかったと、思っている人もいるかもしれない」

先生はそんないい方で、和田ラーメンを名指しするのを避けた。

「信じていたことがもとになって、ひどいことが起こると、それまで信じていた分だけ、よけいに腹が立ったり、悪いことだと思ったりするんだよ。騙《だま》されたのと同じ気持ちになるの。

鳴海君が山に連れて行かなければよかったたって、思っている人もいるかもしれない。先生も今さっき、そういいました。子供だけで山に入るのはよくない。その考えは変わりません。

　こういうことがあると、誰かのせいにしたくなる。それは自然な感情なのかもしれない。だけどね、さっきから先生が考えているのは、こんなことになった原因は、先生にもあるってことなの。鳴海君の自由研究を、河守さんと一緒にやれば、って勧めたのは、先生だもん。先生があんなことといわなかったら……」

　先生はそういって、苦しそうに口を閉じてしまった。

「そしたら、ぼくだってさあ！」和田ラーメンの声は、悲鳴のようだった。「お兄ちゃんが、へーけのことなんかいわなかったらさあ！」

「そうです」先生はきっぱりと顔を上げた。「誰かのせいにしようとすると、誰か一人のせいにはならなくなる。河守さんや鳴海君のお母さんは、お子さんをよく見ていたか。河守さんがしんのに行きたがっていたのを、引き止めた友だちはいただろうか。――私たちみんな、責任が全然ないとはいえないと、先生は思います。

　だから、このことについて、誰かが特別に悪いとか、何かがあったらこうはならなかったとか、そんな風に考えるのは、いいことじゃない。人のせいにしたくなったら、そのことを思い出してください。誰も河守さんを傷つけようとしなかった。こうなるだろうと思っていた人は、誰もいなかった。誰かを責めても、河守さんは」

先生は話の途中で急に口を閉じた。それから、ことさらに大きな声で、

「河守さんは、きっと帰ってきます」といった。

「そうだよ。帰ってくるよ」女子の一人がいった。「亜菜ちゃん、運動神経すごいいんだもん。一人で帰ってくるよ、絶対」

「みんな泣いてるけど、私、全然大丈夫なんだ」さっきまで泣いていたくせに、別の女子がそんなことをいった。「だってあの子、山とか一番よく行くんだよ？　昆虫採集とか、一年生の頃から平気で一人で行ってたよ」

「おれ、お父さんと一緒に、しんのの横の山行ったことあるんだけどさ」和田トマトがいった。「その時しんのも見えたけどさ、あんなちっこい山ないよ。登ったと思ったらすぐ下りれんじゃないの？　山じゃないよあれ。公園だよ」

「そうなのよねえ」先生は頬杖をついた。「あんなところで道に迷うわけないんだよ、一本道で……」

押し黙りがちだったこの集まりは、とうとう誰も口を開かなくなってしまった。和田先生が、明日は終業式だからね、と呟くようにいって、なんとなくその日は下校になった。

みんなが立ち上がって、ランドセルをしょったりしている中で、和田旅館が一人、ものいいたげに立っていた。その姿を見てみんな、はっとなった。

その月曜日は十二月二十五日だったのだ。本当だったら学校の帰りに、みんなで和田旅館の旅館に集まって、クリスマス会をやる予定だった。

ぼくはすっかり忘れていた。だけど忘れていない子もいた。毎年、和田旅館で開くクリスマス会を、みんな楽しみにしていた。子供ばっかりの集まりには、もったいないくらいの料理やジュースを、和田旅館の家では出してくれて、ゲームをやったり、プレゼント交換をしたりする。

こんなことがなかったら、今日もみんなでぎゃーぎゃーいいながら旅館に行っていたはずだった。今だって本当は、みんな行きたいに決まっていた。それを、和田旅館だけじゃなく、誰もが口に出せないでいたのだ。

「ああ、そうだ」和田先生は明るい声でいった。けどその明るさはわざとらしかった。「大事なこと、伝えるの忘れてた。河守さんのお母さんから、今朝《けさ》電話があったの。今日はどうか皆さん、クリスマス会をやってください、って」

「え、ほんとに？」

「なんで？」

口々に声があがった。

「亜菜ちゃんのせいで、みんなにしょんぼりしてほしくないって。亜菜もクリスマス会は楽しみにしていたし、いつもと同じようにしてくれたら、嬉しいですって。……先生も、それがいいと思う。みんながつまらなそうにしていたって、しょうがないわよ。河守さんは大人がしっかり探してくれているから、大丈夫」

みんながお互いの顔を見合わせた。それからぼくを見た。

「ぼくは……やっぱ無理」ぼくはいった。「ごめん。だけどみんなには、行って欲しい」

「じゃー行こうぜ！」和田トマトが馬鹿でかい声を出した。「おれ、ほんとはプレゼント持ってきたんだもん。ランドセルに入ってんだ！」

「どーせ、またトマトだろ！」和田トマトといちばん仲のいい横山がいった。「あんなの、誰も喜ばねーよ！」

「トマトじゃねーよ！」トマトがいい返した。「冬にトマトなんかあるわけないだろ。春菊だよ！」

「春菊なんかトマトの百倍いらねーんだよ！」

みんな大笑いした。教室の中の悲しい感じを、力ずくで吹き飛ばそうとしてくれる和田トマトと横山にぼくは、ありがとう、と思った。

4

プレゼントは用意してあるけど、学校には持って来なかった子も何人かいた。そんな子たちはいったん帰ってから旅館に行くことになって、結局下校はみんなばらばらだった。

「元気出して」

「大丈夫だよ、きっと」

和田トマトや旅館や、何人かの女子にそんな声をかけられて、ぼくは一人で校門を出た。

県道を歩いていると、後ろからランドセルを軽くどやされた。

「おれも、今日はクリスマス会、やめとく」

和田ラーメンだった。

「一緒に帰ろうぜ」

そんなことを、改めていって帰ったことなんか、それまで一度もなかった。ラーメンの、どこかオドオドしたような様子を見て、ぼくには彼の気持ちがすぐに判った。朝、林太郎さんと二人で遠巻きにぼくを見ていたのを、ラーメンは悪いと思っているのだ。あの時、きっと二人は、ぼくを仲間外れにしようとしていたのだろう。何か悪いことをした、気味の悪いやつだと思って。そんな自分たちを今のラーメンは、友達がいのないことをしたと思っている。それがぼくには判った。

「うん」

ぼくは答えた。ラーメンを責める気なんかなかった。

「昨日さあ」ラーメンは、なるべくいつもと変わらない調子で喋ろうとしているみたいだった。「お父さんがすげえ遅くに帰ってきてさあ、クリスマスプレゼント、忘れたっていうんだぜえ。ひでえと思わない？」

「うん」

ぼくんちはクリスマスどころじゃなかったし、ぼくは横になってうなされていたけど、ラーメンはそんなこと知らないか、知ってても忘れてしまったに違いなかった。

「それでさあ、夜中にさあ、おれと兄ちゃんに、千円ずつくれたんだぜ。クリスマスプレゼントが現金なんてさあ、冷酷だよ。ひでえよ。ほらこれ、千円」

といってラーメンは、ジーパンのポケットにじかに突っこんであった千円札を出して、ぼくに見せた。

ラーメンのお父さんが、集落の殆どの大人たちと同じように、週末の夜遅くまで河守の捜索を手伝っていたことは、ぼくはずっと後になって知った。ラーメンは知っていた。

「お父さんさあ、今朝になってさあ、プレゼント買ってやるっていってんだけどさあ。おれこの千円、パーッと無駄遣いしてやろうと思ってんだけど、鳴海一緒に来る？」

「何すんの？」

「ちょっとだけ、寄り道しようぜ」

そういうとラーメンは、県道から山道に入らず、温泉街に向かって歩いていった。ぼくは、まっすぐ帰らないとおばあちゃんが心配するんじゃないかな、とは思ったけれど、家の外にまだあの新聞の人たちが待っているような気もして、すんなり帰るのも憂鬱《ゆううつ》だった。

和田ラーメンはバスの終点まで歩いて行って、その近くの食堂、「十勝食堂」の前で立ち止まって、ぼくを真正面から見据えた。

「行くぞ」

小学四年生が二人して、大人の食堂で何か食べようというのだ。ぼくは緊張した。和田ラーメンも鼻の穴が丸くなっていた。

「うんッ」ぼくも真面目な目をして頷いた。

「よしッ」

和田ラーメンは磨《す》りガラスの格子戸をがらりと開けた。いらっしゃーい、とおばさんの声がした。古そうなお店で、赤い板のカウンターに年取った男の人が一人、ご飯を食べていた。テーブルは全部空いていた。ラーメンがテーブルの椅子を引いたので、ぼくは向かい合わせに座った。

何が食べたいとか、考えられもしなかった。大人の食堂に子供だけで入ったという事実に心臓がばくばくして、メニューも何も見るどころではなかった。お冷《ひや》を持ってきたおばさんにラーメンが、

「塩バターラーメンふたつください」

と勝手に注文しても、おばさんがあっちに行ってしまうまで、何もいえなかった。

「ラーメン食べるの？」ぼくは内緒話でもするようにいった。

「前に来たとき、お兄ちゃんがうまいっていってたから、どうしても食べたかったんだ」

ラーメンは普通の声で答えたので、ぼくも普通に喋ることにした。

「前に来たことあるんだ」

「三回あるよ。いつも家族みんなで来るんだ」

「ぼく初めてだよ」

「オムライスおいしいよ。ラーメンは食べたことないんだ」

「……お金、大丈夫？　ぼく全然ないよ？」

「塩バターラーメン、四百五十円だから、ふたつでも大丈夫」

正午を、少し過ぎていたと思う。ぼくたちのあとから、大人たちが、三人くらい来た。

「塩バターラーメン、お待ちー」

おばさんは子供の二人連れを見て、ちょっと何かいいたそうだったけど、そのまま別のお客さんのところに行ってくれた。

白いラーメンを見たのは初めてだった。牛乳をお湯で薄めたみたいな色だったから、これほんとにおいしいのかな、と最初は思ったけど、匂いはうまそうだった。割り箸をゆっくり慎重に割ると、うまく二本になったので、ようやくぼくは、少し落ち着いた。家族での外食すら、ぼくの家では数える程しかしたことがなかったのだ。

その時のラーメンの味は、よく憶えていない。うまいことはうまかったと思う。十勝食堂は、どういうわけでか北海道からこの集落にやって来た料理人夫婦が開いた店で、ほかのメニューはどこにでもある定食や丼ものばかりだが、ラーメンだけは塩バターのどさんこラーメンを出す。店主も自信があるらしく、十勝食堂ではこの、充分にこってりしているのに喉ごし爽やかな塩バターラーメンがいちばんうまい……、ということは、後年になって判ったので、その時はただもう、場違いなところで大人びたことをしているという意識で頭がいっぱいだった。

それより記憶に残っているのは、目の前で同じものを食べていた、和田ラーメンの表情だ。

「おおおー」

それは、至福という言葉を小学四年生の姿にしたらこうなる、という顔だった。顔だけじゃなく、喜びが全身を震わせていた。箸で麺《めん》を持ち上げて湯気を立て、すすってほっぺたをふくらませ、飲み込みながら何度も頷き、鼻水をたらしながらレンゲを使っていた。座ると、まだぎりぎり地面に届かない足をぶらぶらと揺らし、耳から指の先まで紅潮していた。

「うンめえなァー」

半分ほど食べた頃には、笑顔が消え、丼の中に頭を突っ込み、真剣な顔でスープを味わっていた。眉間にシワすら寄っていた記憶がある。

「うンめ、うンめ」和田ラーメンは、ぼくを見てもいなかった。「こんな、うンめンだ、これ」最後は丼を持ち上げてスープを飲もうとしたが、子供がそれをやると口の端からこぼれてしまうと知ると、すぐに丼を置いて、レンゲでひとすくいずつ、底が見えるまで飲んだ。

それは和田ラーメンが「和田ラーメン」になった瞬間だった。実際のちに本人が、あの時から自分でラーメンを作りたいと思うようになったと語っている。

またぼくにとってそれは、金曜日からずっと頭を離れなかった河守のことを、いっときでも忘れられた短い時間でもあった。

その翌日も、翌週も、年が改まっても、春になっても、河守亜菜は見つからなかった。遺体はもちろん、河守がしんのや、しんのの周辺にいたという痕跡すら、発見することはできなかった。

第六章

日曜日の昼に、和田ラーメンから電話があった。

「着いた」

相変わらず口数が少なかった。

「どこ」つられてこっちも余計なことはいわなくなる。

「十勝食堂」

「今行く」

母と二人きりで喋るのにも、飽きてきた頃だった。前の晩から寝床まで並べて喋っていたのだから、飽きるのも無理はない。

母も、もう話のタネも尽きていた。それなのにぼくが立ち上がると、

「どこ行くの」といって、一緒に立ち上がった。

「ラーメンが来たって。食堂行ってくる」と答えると、

「そう」と寂しそうな声なんか出して、「私も行こうかな」といい出した。

「すぐ帰ってくるよ」

「そうかい？　晩ご飯どうする」

「ラーメンじゃなきゃ、なんでもいい」

「じゃラーメンにしようかなー」

母がふざけると、この頃は明るさより、ちょっと物悲しさが響く。こっちが勝手にそう感じてしまうだけなのかもしれないけれど。

「呑んで来るんじゃないの？」と母が続けていったので、

「昼から呑まないよ。夕方には帰るから」

と、いたわるように答えた。

ぼくが東京へ出て十四年。祖母が死んで、四年。母はこの家に一人でいる。集落の絆《きずな》は良くも悪くも深く、町に仕事を持つ母の暮らしは孤独とはいえないし、また孤独は必ずしも苦しいばかりではない。それは母の様子を見ていても感じるし、東京でのぼく自身の生活を考えても判る。だから別に母に憐れみを感じているわけじゃない。

ただ、時が過ぎていくのである。

ひたすらに、情け容赦もなく、時間が前へ前へと進んでいく。そうやって現在はどんどん過去になり、過去はどんどん遠ざかっていく。それが哀しい。

人間は時の流れそのものを見たり聞いたりすることができない。かわりにその流れを、ひとつのモノや、ひとつの場所を見続けることで感じる。ひとつのリンゴが腐っていく。古い商店が取り壊されて、携帯電話の販売店になる。そして、ひとりの人が老いていく。

「日曜日のテレビって、ろくなのやってないんだよねえ」

そんなことをいいながら、立ったままリモコンでザッピングする母の背中は、着ているぶ厚いセーターに潰されかかっているように見えた。

十勝食堂は昔と少しも変わっていない。二十年前から見知っているぼく（たち）が少しも変わりないと思う、ということは、二十年間少しも外観や内装を綺麗にしていないという意味でもあるから、よそから来た人が見たら、そうとうオンボロな、怪しい食堂なのかもしれない。磨りガラスなので店内の様子は外からうかがえないし、入り口は建てつけが悪くなって思うように開かない。おまけに最近すぐ隣に、そこそこしゃれたオーガニックレストランができた。

もちろん、ぼくは入り口がギシギシいうのも構わず入ると、テーブル席に和田ラーメンが座っていた。

「おいっす」

「おいっす」

昔に比べると、少し歩くのが遅くなったおばさんが水を持って来た。ぼくがおばさんに頷くと、おばさんはにこりともせず、

「はい」と小さく答えた。

それだけで厨房《ちゅうぼう》にいるおじさんが、塩バターラーメンをふたつ作ってくれる。こんな食堂は世界中探しても、ここ以外どこにもない。ぼくたちにとっては。

和田ラーメンとは話題にするべきあれやこれやが、結構あるはずだった。それなのにぼくもラーメンも、なぜかうまく話を切り出すことができなくて、なんとなくお互いの顔を見たり見なかったりしながら、しばらく黙っていた。

「善男さんは」

やがて和田ラーメンが、なぜかぼくを見ないで口を開いた。

「まだ会ってない」ぼくもなぜか小声で答えた。「うちには来たみたいだけど」

また沈黙。

「今日あたり、電話かなんか……」ぼくはまた呟いた。「ま、連絡なくても、どっちでもいいけどね」

そういって、和田ラーメンの様子をちらっとうかがった。きっと情けない、気弱な目つきだったと思う。

「ん」和田ラーメンは小さく頷いた。

大事なやりとりだった。

ぼくがいったのは、たとえ善男さんが明日のことについて何もいってこなくても、ぼくは自分一人でもしんのに行く、という意味であり、和田ラーメンが頷いたのは、彼もそのつもりだ、ということだったからだ。

ぼくたちがお互いに、表面的にはどうでもいいようなやりとりをしながら、しかしうまく喋ることができないのは、今の善男さんがどんな状態だか、判らないからでもあった。

ついにあの日が来る。明日、十二月二十二日が来るのを、善男さんはぼくたちなんかよりずっと激しく、何年も何年も、待っていた。あの日に託した善男さんの期待が、どんなに巨大なものかは、誰にも想像できない。

しかしその明日は、なんでもない一日かもしれないのだ。毎年やってくる、ただの十二月二十二日かもしれないのだ。

もし、そうなら。善男さんの「発見」が、単なる善男さんの思い込みだとしたら。

……善男さんはその可能性を、ちらっとでも考えたことはないだろうか。明日が来るのを、ただ熱烈な期待をこめて楽しみに待っているだけだろうか。自分の構築した期待が根底から崩壊する可能性に、もし善男さんが思い至っているなら、今の善男さんは、とても正気ではいられないのじゃないか。

ぼくも和田ラーメンも、そんな善男さんの不安を想像しているから、ただでさえ口数が少ないのに、なおうまく喋ることができないでいたのだ。

「キャンプの道具、一式持ってきたって……？」

和田ラーメンがいった。

「持ってきた」ラーメンの調子に合わせて、ぼくもできるだけ普通の口調で答えた。

「でも、なんでだよ」ラーメンは笑った。「朝八時とかいってなかった？　寝泊まりするわけじゃないんだろ」

「山んなかだぞ。朝が一番寒い。テントか寝袋なかったら死ぬぞ」

「だな」和田は素直に頷いた。「そういえば、夕方から雪降るかもしんねえって、さっき天気予報やってた」

まじかよ、といっているところへ、塩バターラーメンが来た。

「あー」

スープをひと口すすり、麺を綺麗に吸い上げてから、和田ラーメンは声をあげた。いつものように。

「帰ってきたなあ」

ぼくが大学に通い、彼が上野《うえの》のラーメン店でアルバイトをしている頃、彼はこの「十勝食堂で塩バターラーメンをひと口食べて『帰ってきたなあ』と感に堪《た》えたように呟く」というのを発明した。以来、ぼくは何度となく同じセリフを聞かされてきた。

それにぼくとしては、正直、もはやここのラーメンは、そんなに感嘆するほどのものじゃないと思っている。東京のうまいラーメンと、どうしても比較してしまう。それに最近は、和田ラーメンの作る醬油《しょうゆ》ラーメンだって、ケレンがなくていい。和田ラーメン自身もそれを、本当は判っているんじゃないかと思う。上京するとか、広い世間を知るというのはそういうことだし、成長するというのもそういうことだ。和田ラーメンの十勝食堂に対する執着には、ここ何年か、ちょっとわざとらしいものを感じていた。

でもこの日の彼のセリフには、わざとらしさがなかった。ぼくはハッとした。和田ラーメンはいつものような満面の笑みではなく、丼を見つめ、思いつめたようにそういった。それはいつもの決まり文句じゃなく、本当に腹の底から思わず出てしまった言葉だった。その証拠に和田ラーメンは、そんなことを口走ってしまった自分を恥じるように、それからはぼくの目を避け、黙々と箸を動かすだけだった。

もしかしたら。ぼくは思った。

もしかしたらこいつも、ぼくと同じことを考えているのか。明日しんので、今までとは全然違う人生が始まってしまうんじゃないかという、根拠のない予感に囚われているのじゃないか。

1

河守がいなくなった冬から、ぼくたちが小学校を卒業するまで、同級のみんなは毎日のようにぼくの家で遊ぶようになった。

おばあちゃんが呼んだのだ。おばあちゃんはお母さんと一緒に、友だちの家へ盛んに電話したり、近所で会ったら機会を逃さないようにして、特に理由がなくても「うちへおいで」「遊ぶんならうちに来なさい」と、みんなを誘い続けた。子供ばかりじゃなく親たちも呼んだ。ぼくの家は集落の社交場みたいになった。

おばあちゃんは、お母さんがぼくを連れて集落に戻ってきた時と同じことを考えたのだと、今は判る。「しんのの神隠し」——河守がいなくなってから半年経たないうちに、この言葉は集落で囁《ささや》かれ、広まっていた——について、ぼくや、しんのの持ち主である鳴海家のことを、集落の人々が陰でこそこそ噂《うわさ》するのを防いだのだ。鳴海家をできる限り開かれた場所にして、人が気にしていることはなんでもこちらから喋っていく。遠慮がなく、大勢《たいせい》に流されやすく、感情的な小学生たちはみんな、神隠しのあと、すっかり陰鬱《いんうつ》になったぼくに、同情を寄せてくれた。

ぼくは性格が変わってしまった。人から声をかけられれば受け答えもできるし、冬休みが終わってからはきちんと学校にも通い、微笑みさえしたけれど、前には当たり前にあった明るさや朗《ほが》らかさが、ぼくから完全に失われてしまった。そのことに自覚もあったし、周囲も気が付いていた。

そんなぼくにみんなが、以前とさして変わらずに話しかけ、接してくれたのは、みんながぼくと以前にもまして、しょっちゅう会っていたからだ。みんながぼくの様子をうかがって、聞きたくても聞けないことが腹の中に残るようなことは、最初の数ヵ月ですっかりなくなってしまったのだと思う。初めのうちは腫《は》れ物に触るようにぼくを見ていた友だちや、好奇のまなざしを向けていた集落の人たちも、やがてぼくに、ある意味で飽きてきたのだと思う。特異な体験を目の当たりにした少年、といったユニークさはどこにもなく、ぼくはただ人から何度同じことを尋ねられても、同じように見たままを答え、ため息をつき、しばしば河守を思い出して泣いてしまうだけの子供だったから。

ぼくが一人きりになることはめったになかった。六年生になっても寝るときはお母さんと布団を並べ、朝は和田ラーメン兄弟や麻生と一緒に通学した。学校が終わっても友だちは、前のようにいつでも全員——十三人——一緒ではないにせよ、何人かとはつるんで遊び、夜はおばあちゃん、お母さんがきっとぼくと同じ部屋にいた。その頃にはもう、ぼくの様子を見ているとか、みんながぼくについて陰口をいったりしないようにといった警戒の意味はなくなって、習慣としてそうなっていた。

警察はまだしんのと、その周辺の山々を捜索していた。当初のような大々的な捜索なんかはやめてしまったけれど、時折思い出したように警察官と消防団員が何人か、しんのに入っていった。警察は当然、神隠しなんて信じないし、たとえ信じたとしてもそれで片付けるわけにはいかなかったに違いない。

おばあちゃんとお母さんの社交の努力のおかげで、ぼくは護《まも》られ、中学生になった。中学校はバスの終点から山へ入っていくところにあって、小学校よりぼくの家からは遠くなった。

生徒の顔ぶれは小学校の時と全く変わらず、ただみんなの行動範囲が広くなっただけだった。ぼくたちはあからさまに成長し、知らないうちに色気づいたりもして、町までバスに乗って洋服を買いに行ったり、下手なバンドを組んだりし始めた。

みんなは恋もしているようだった。和田旅館は、ぼくや和田ラーメンを相手に、十勝食堂や殿様川の土手で、誰それは深夜のエロいテレビに出てくるアイドルに似てきた、なんて話ばっかりしていたし、和田トマトは女子をビニールハウスの中に連れ込もうとして、ビンタされたらしかった。

ぼくは恋をする気持ちになれなかった。人並みに性欲は出てきたし、いやらしいことに興味も持ったが、それを現実にいる女子たちに向けるのは嫌だった。中には「やけに可愛くなった」と噂になる女子もいて、いわれてみれば確かにそうかもしれなかったけれど、彼女たちは河守亜菜ではなかった。それに昔からずっと近くにいる女子たちの姿は、あまりにも濃く河守亜菜の面影を引きずっていた。同級生の女子たちが集まっていても、それを「女子たちがいる」とは見ることができず、「河守がいない風景」にしか見えなくなっていることに、ぼくはしばらく前から気がついていた。

ぼくの中で河守はひとつの理想、自分の手でなくしてしまった完璧な女性像になったのも同然だった。「自分の手でなくしてしまった」という、事情を知らない人には理解できない曖昧な部分に、ぼくの感情の核心があった。中学生のセンチメンタルな頭の中で理屈をこねくり回してみると、それは憂鬱な結論へぼくを導いていった。

通常「完璧な女性像」というのは、現実世界には存在しないアイドル――英和辞書で「idol」を調べて驚くという、中学生によくある経験をぼくもしていた――のことだ。しかし河守亜菜は、幼い頃に同じ教室で学んだ同級生で、その存在を否定することはどうやってもできない。そして、たとえばそれが、転校したというような、説明のつく理由でいなくなったのなら、つらくてもいずれは納得するしかないだろうけれど、河守が今ここにいないという事実を、ぼくはどうしても理解することができない。今までずっとその理解不能の中で生きてきたのだし、ぼくだけじゃなく、誰にとってもそれは理解の範囲を超えた事実なのだ。

そんな不条理を、おそらくぼくはこれから先もずっと抱えて生きなければならない。とすれば、ぼくは今、この世に残っている異性の誰に対しても、河守という存在の欠落をしか感じられないのではないか。

そう思うとぼくは、身を切られるような孤独を感じた。それは、自分に対する罰なのだ。河守をなくしてしまった永遠の罪に対する、永遠の罰。——中学生の青臭い罪悪感には違いなかったが、当時のぼくには、とてつもなく深刻な苦しみだった。

2

ぼくは表情に乏《とぼ》しい、可愛げのない、静かな中学生になった。部活動は、生徒数の少ない学校の男子にはそれしかなかったから、野球部に入ったが、やれといわれたことを黙ってやる以外、積極的にはなれなかった。みんなと遊ぶのは楽しかったけれど、小学校の時みたいな一体感は、自我の発達とともに失われていった。いちばん楽な逃避先は勉強だった。家に帰ると黙って机に向かった。

そんな様子を、お母さんは黙って見ていた。中学一年生の夏休みに、ぼくを町の大きな学習塾に行かせて、模擬試験を受けさせた。そんなもの、目指しも望みもしていなかったが、ぼくはいい成績を出した。二学期からはその学習塾に通うことになった。

二年生になると、お母さんが真面目な、殆ど暗い顔といっていい表情をして、ぼくの前に座った。

「智玄、高校、どうする？」

それは集落の子供たち全員の問題だった。集落には高校はなく、バスで通える町にも高校は二校しかなかった。そのうちの一校は、県下有数の落ちこぼれ高校だった。集落の大半の中学生はその二校のどちらかに通うことになる。遠くの高校に通うために、一人暮らしをしている先輩も少なくなかった。

教室や塾では、みんなが進学の話をしていたけれど、ぼくは何も考えていなかった。だからそう答えた。するとお母さんは、大きく息を吸ってから、

「K高校とか、受けてみない？」といって、大きく息を吐《つ》いた。「L高とか」

どっちも有名な進学校だ。そして、

「それって、どっちも東京でしょ」

「だから、東京行ってみない？」

突然すぎて、お母さんのいっていることが呑みこめなかった。ぼくは黙っていた。

「今の調子だったら、あんた、そのレベルの学校、大丈夫かもしれないんでしょ」

「無理だよ」

即座にそうは答えたけれど、塾からも合格ラインとはいわれていたし、模擬試験の

順位も全国で何番目、という成績が出ていた。

ただそういうことは、学校ではできるだけ隠していた。隠したって成績がいいのはバレてしまうけれど、塾や模擬試験の順位は黙っていた。町の塾に行っている、というだけで、みんなからは充分冷やかされていたし、塾で見かける勉強のできる奴らのことを、ぼくは大嫌いだった。あんな連中と一緒にされたくなかった。K高を受けるなんていったら、みんなにどんな目で見られるか判らない。

「お母さんは、ぼくにそういう高校に行ってほしいの？」

「お母さんは、あんたのできることを、できるようにしてあげたいだけよ」

「だけど、うちにそんなお金ないでしょ。授業料だって高いんだろうし、それ、東京でアパート借りて暮らすってことでしょ」

お母さんはじーっとぼくを見た。怒られるのかな、と一瞬思ったけれど、そういう目つきではなかった。

「お金のことは、心配しなくていいの」

「なんで」

「……あるから」

ぼくは信じなかった。けれどもお母さんやおばあちゃんが、どれくらいお金を持っているかを知っているわけでもなかった。知っていたのは、お母さんが市役所から貰う給料が大したことのない額だということと、おばあちゃんの持っている土地はこの家と、畑と、しんのだけで、お金になる土地は持っていないことくらいだった。

「智玄はそんなこと考えなくていい」お母さんはきっぱりといった。「お母さんは、あんたが町の高校なんか行くのはもったいないと思うし、こんないなかの山奥にいるべき人じゃないと思う」

「それとね」お母さんは黙っているぼくに向かって、静かに言葉を継いだ。「智玄がずっとここに住んでいるのは、あんまりいいことじゃないような気がする」

「どういうこと」

「あんた、ずうっと気をつかってるでしょう。亜菜ちゃんのことがあってからずっと」

ぼくは答えられなかった。そんなことないよ、とは、いえなかった。

「あれから、あんたが本当に元気でいるところ、私見たことない」

お母さんは、きっぱりとした表情は少しも変えないまま、涙をこぼしていた。

「あんた、ずっと自分が悪いことしたと思ってるでしょ。そうじゃない、あんたは悪くないって、お母さんやみんながどれだけいったって、ずうっと気持ちが晴れないでいるんでしょ。勉強だって、本当はしたくてしてるかどうか、お母さんには判らないよ。なんにもしてあげられない、私には。私はあんたに、どっかに行ってほしくなんかないよ。ずっとここにいられたらいいなって思うよ。だけどそれじゃ、あんたの息が詰まって、死んじゃうよ」

「死なないよぉ」

ぼくは冗談めかそうとした。けれどお母さんは首を振って、ぼくをじっと見つめた。

「あんた、今、半分死んでるみたいなもんなんだよ」お母さんはいった。「自分がどんな顔して、毎日暮らしてるか、知ってる？　十四歳になるかならずの子供の顔じゃないよ。高校がどうのこうのっていうより、あんた、しんのから遠いところに行った方がいい。それしかないよ。あんたの周り、あんたに何があったか、知ってる人ばっかりなんだもん」

お母さんは両手で顔を覆って泣いた。

その日に決めたわけじゃなく、おばあちゃんも交えて何度か話し合いをして、とりあえず、一応、ものは試しに、第一志望校を東京のK高校にした。

我ながら滑稽《こっけい》だと思ったが、お母さんからひと言、東京、といわれたあと、ぼくは自分がずっと前から、東京へ行きたくてたまらなかったような気がしてきた。

その瞬間から東京とは、それまで望むことさえ想像できなかった、解放感の象徴になった。自分が長いあいだ閉塞《へいそく》的な場所にいたことに、ぼくは気がつかないでいたのだ。

ぼくはそれからいっそう勉強に熱を入れ始めた。無意味な野球部の練習や、進学塾まで片道一時間もかかる自分の集落や、垢抜《あかぬ》けない同級生たちを、内心わずらわしく思うようにもなった。いつの間にかあんなに嫌っていた、成績の良さを鼻にかける優等生に、自分自身がなりかけた。

けれどもそんな高慢な気分は、三年生になるとほぼ同時に消えてなくなった。理由のひとつは、模擬試験でずっとぼくより下位だった生徒が何人も台頭してきて、相対的にぼくの順位が落ちたこと。自分自身の成績が悪くなったわけじゃなかったことがまだしも救いだったが、結局それまで下にいた何人かを順位でもう一度追い越すことは、最後までできなかった。これは後《あと》の雁《かり》が先になるという諺《ことわざ》をまざまざと痛感した体験で、下手をしたらぼくはそのまま自信を喪失し、投げやりになってしまったかもしれない。そういう生徒も進学塾にはいて、彼らはみるみる成績を落としていき、あっという間にふてくされた不良中学生になるか、塾も人付き合いもやめて引きこもってしまったりした。

ぼくがそうならないで済んだのは、これもやっぱり集落の友だちのおかげだった。彼らはなんの屈託もなく、ぼくが成績優秀なこと、もしかしたら東京の高校を受験するかもしれないことを、面白《おもしろ》がったり、からかったりした。みんなから見ると勉強ができるというのは、ホームランが打てたりギターが弾けたりするのと同じ、特技の一つみたいなものなのだった。大半の生徒が家業を継ぐことに決まっていて、残りの生徒も特に秀才になりたいと思っているわけじゃない集落の中学校では、クラスで一番というのはさして妬《ねた》みの対象にならないのかもしれなかった。みんなはぼくを平気で十勝食堂やお祭りに誘い、ぼくも時には塾をさぼってみんなと遊んだ。ぼくがくだらない優越感を抱かずに済んだ、もうひとつの理由がそれだった。

3

河守の家がどうなっているのか、ぼくにはずっと判らないままだった。ぼくの周りにいる友だちや大人たちも、よく知らないようだった。「神隠し」の後の集会を最後に、善男さんの姿を見かけることはなくなった。一人娘の河守亜菜がいなくなって、学校と河守家はつながりがなくなってしまったし、どうやら善男さんや法子さんも、殆ど外に出ることはなくなったらしい。当然、お葬式もしていない。

河守の家は土地持ちの旧家で、不動産とか家賃収入で黙っていてもお金が入る家だとは、小さい頃から聞いていた。善男さんも以前から仕事らしい仕事（集落の男たちがしているような意味での仕事）はしていなかった。平家の落武者伝説についての研究も、善男さんが暇だからやっているようなもので、善男さんの父親が始めた研究を継いでいるのだった。親子代々で暇を持て余していたのだ。

善男さんが毎朝出勤するとか畑に出るということはない。毎日の買い物はお手伝いさんがするか、お店の方から配達に来る。だから善男さん法子さん夫妻は、もとからあんまり集落で見かけることはなかったのだが、「神隠し」が起こってからは、さらに姿を見せなくなった。

ぼくは善男さんをしょっちゅう思い出していた。けれども「神隠し」から一年たち二年たち、中学校に上がる頃には、ぼくと善男さんの距離は、どうしようもなく遠ざかっていった。

物理的に距離が遠くなったのではなかった。また、気持ちが遠くなったのでもなかった。成長し、時間がたつにつれて、あの時の河守亜菜への感情は、初恋だったのだと、はっきり意識されるようにもなった。あんな唐突で奇妙な……なんだろう？ なんていったらいいか判らない。終わり、とはとても思えないし、別れ、というのとも違う。理不尽な離れ方をしてしまった、とでもいうほかない経験を、自分はしたんだ、と思い出すと、あとになってからの方がいっそう、心がちぎれるような感情に襲われる。それは罪悪感にも、恋にもひとしい感情だった。

それを善男さんと法子さんに伝えたいと、ぼくは思っていた。それでぼくは、もうすぐ小学校を卒業するという頃に、河守家を訪ねようと、家の前まで行ったことがあった。人がぼくのことをどう思おうと、あのことをどう解釈していようと、ぼくは善男さんと法子さんに、謝らなければいけないと思ったのだ。本当ならもっとずっと前に、ごめんなさい、というべきだった。今さら手遅れかもしれないけれど、だからといってこのまま何もしないで生きていくことはできない。そう思いつめていた。けれどもぼくは、河守家の中へ入っていくことができなかった。

おじけづいた、と、人に思われてもしかたがない。実際そうだったんだ、謝るのが、河守のお父さんとお母さんに会うのが、恐くなって引き返したんだと、もしこの時のぼくについて誰かに語ることがあるなら、ぼく自身そうとでもいうほかない。あの時感じたものを人に伝えられる言葉を、ぼくは持っていないから。

その時のぼくは、ご両親に会いたくないとは思っていなかった。恐くもなかった。ただ判ったのだ。この家とぼくのあいだに、距離が出来てしまったことが。それはいってみれば、抽象的な、あるいは、絶対的な距離だった。この家はぼくを拒絶していない。ぼくもこの家を拒絶していない。でもぼくはこの家に入ることはできないし、この家もぼくを入れることはできない。それが伝わってきたのだ。小学六年生のぼくに。

五分くらい、大きな門の前に立っていた。胸の中でだけだったか、実際にそうしたかは忘れたけれど、ぼくは門に向かって一礼し、引き返した。喪失感みたいなものもなかったし、そんなに悲しくもなかった。この抽象的で絶対的な距離が、一時的なものだということも、同時に理解したからだ。善男さんとは、法子さんとも、いずれまた会えるという予感があった。それは確信と同じ強さの予感だった。

それからぼくは中学の優等生になり、表情を失い、おばあちゃんやお母さん、集落の友だちに救われた。河守亜菜を忘れたことはなかったが、彼女のお父さんやお母さんのことは、思い出さないで過ごすことも多くなった。

そうしているうちに中三の二月が来た。ぼくはお母さんと上京してK高校を受験し、合格した。鳴海家はにわかにバタバタし始めて、ぼくとお母さんは上京を繰り返し、高校の近くにワンルームマンションを借り、入学手続きをし、集落じゅうの祝福を受け、大人の酒盛りに付き合わされ（この時の経験から、ぼくは未だに酒の席が嫌いだ）、お祝いの品や祝電へのお礼に悩まされた。

　そんな中、ある静かな昼さがり、なんの前触れもなくぼくの家に、レンガ色のジャケットを着た善男さんがやって来た。ぼくはお母さんほど驚かなかった。おばあちゃんほど強ばった表情にもならなかった。いつか必ずこういう日が来るだろうと思っていたし、それに善男さんは、哀しそうではあっても、微笑んでいたから。

「ようこそお越しくださいました」

「河守さん……。お詫びもしきれないことでございます……」

　お母さんとおばあちゃんが、改めて深々と頭を下げた。善男さんも同じくらい深くお辞儀をした。

「大きくなったね」

　居間の縁側に近いところに通された善男さんは、お母さんとおばあちゃんの見守る中、ぼくと向かい合って座布団に正座した。

　ぼくは、うまく口を開けないでいた。もじもじしていると、善男さんの後ろに座っていたおばあちゃんに目で促された。善男さんにいうべきことをいうのには、勇気が必要だった。

「あの時は、本当にごめんなさい」ぼくは深く頭を下げた。「ずっと、何もいわないで、すみませんでした」

「智玄君が悪いんじゃない」

最初の声は、涙声を振り払うような、はっきりした声だった。

「ぼくも、警察も、誰も悪くないんだ。智玄君、頭を上げてください」

続いたその声は、もう潤《うる》んではいなかった。ぼくは顔を上げた。善男さんはじっとぼくを見つめて、頷いた。

「鳴海家の皆さんには、本当にご迷惑をおかけしてしまいました」善男さんは、お母さんとおばあちゃんに向かっていった。「大変なご心労だったと思います」

「そんな。私どもは」お母さんは驚いたようにいって、何度も頭を下げた。「河守さんこそ、私どものせいで……」

「はい」善男さんの声は、不思議だった。毅然《きぜん》としていたのだ。「ごまかしても、なんにもなりませんから、あけすけに申しますが、あれからぼくも妻も、しばらくのあいだは、ずいぶんとふさぎ込んでしまいました。今も決して、立ち直っているわけではありません」

善男さんはいったん言葉を切って、改めて背筋を伸ばした。

「しかし今は、あのことについて、これまでとは違う見解を持っております。実は今日は、そのことについて、智玄君と話をしに来たのです」

「どういうことでしょうか」

お母さんが、心細い声で尋ねた。

「あれは、人間の力では防ぐことのできない、まだ人間が明らかにできていない、ある複雑な物理現象だった可能性が高いのです」

お母さんたちがそれにまた何かいう前に、善男さんはぼくに向き直った。

「智玄君。君はまだ、あの日のことを憶えていますか」

善男さんの、殆ど詰問してくるような口調に気圧されながら、ぼくは答えた。

「憶えています」

「警察は、事件に関係のあることしか重視しなかった。ほかのことは、君が混乱して、一時的に譫妄《せんもう》状態にあったとでも思っているんだろう。けれども、あれから考えてみると、むしろ君の見た幻のような経験の方が重要じゃないかと思うようになったんだ。今さら思い出すのは、きっとつらいだろうけれど、どうかもう一度詳しく話してほしい。しんのであの日、どんなことがあったのか」

それは、それまでのぼくがほかの誰からも突きつけられたことのないくらい、強く切迫した問いかけだった。しんののことを思い出すのは、確かに年月が経っても重苦しいことだった。上手《うま》く思い出せる自信もなかった。だけどぼくは、家の外に善男さんの姿を見た瞬間から、どんなことでもしなくちゃいけない、と思ってもいた。

ぼくは善男さんのために、善男さんへの償《つぐな》いのために、できるだけ詳しく、思い出せる限りを話した。

善男さんはジャケットの内ポケットから小さなノートを取り出し、ぼくの話を書き留めていた。そして細かく話を中断させて、たくさん質問をしてきた。その全部が河守のことではなく、しんのの様子と、ぼくたちが山に入っていった時間帯についてだった。何時頃に出発したか、桜に着くまで、どれくらいかかったか。しんのの音はどのようだったか。しんのの暖かさはどこから来ていたか。地面からか、それとも風や木々が暖かかったのか。しんのの桜はいつ散ったか。——ぼくは殆どの質問に、きちんと答えられなかった。

それでも善男さんは、頷きながらメモを取り続け、ぼくがひとしきり話し終えると、

「ありがとう」といった。「よく話してくれたね」

ポケットにノートをしまうとき、善男さんはさっと目を拭った。それを見てぼくは、善男さんがしんのことばかり訊いて、河守のあの時の様子を殆ど聞き流すようにしていた理由が、判ったような気がした。

落ち着いているように見えても、善男さんにとって河守のことは、まだあまりにも生々しい悲しみなのだ。

善男さんは軽く咳払《せきばら》いをして、声を整えた。

「もしいつか、鳴海さんにしんのを見せてもらえる時が来たら、曲がり松の具合なんかはぼく自身で調べることができるだろう。だけどあの日に起こったことは、智玄君にしか判らない。やはりあの日、しんのには特別な現象が起こっていたようだ」

「いつでもお見せします」おばあちゃんはいった。そして不意に、

「河守さんは、もうご存知でしょうから……」と、小さな声でいい添えた。

ぼくとお母さんは、殆ど同時におばあちゃんを見、それから善男さんを見た。善男さんはおばあちゃんに頷いていた。

「知ってるって、何を……?」ぼくは尋ねずにはいられなかった。

「しんので神隠しがあったのは、あれが初めてじゃなかったんだよ」善男さんは、不思議に表情のない声でいった。「昔のいい伝えに残っているんだ」

「善男さんのお父さんは、しんのを調べておりましたから」おばあちゃんはいった。

「それでうちの人と、喧嘩《けんか》になってしまって」

「智玄君のおじいさんはしんのを、とても厳しく管理していたそうだ」善男さんはぼくにいった。「おじいさんも、実際にはしんのの神隠しを見たわけじゃないだろうけれどね。いい伝えでは、明治になったばかりの頃に、しんのに入った太兵衛《たへえ》という薪《まき》売りが、ほかの薪売りたちの見ている前で、消えたという。それは、神隠しのいい伝えの最後のもので、江戸時代にも、そのもっと昔にも、しんのでは神隠しがあったらしい。そういう集落の記憶が、おじいさんの世代には、はっきり残っていたんだ」

「こんないなかでも、知らないうちに、いろんなことが忘れられてしまって……」おばあちゃんは呟いた。

「神隠しなんて非合理的なことは、明治の頃には頭から否定されていましたからね」善男さんはいった。「柳田國男《やなぎたくにお》の研究なんて、例外中の例外でした。しんのでは神隠しがあるなんていうと、昔の人……つまり明治、大正生まれの人なんかは、いなかだと思って馬鹿にするなと、集落のいい伝えを自分から否定することも多かったそうです。しかし一方では、智玄君のおじいさんのように、しんのを人の入ってはいけない場所として畏《おそ》れるのも、自然な感情だった。ぼくの父なんかは、そういう日本人の複雑な心情に興味があったみたいです。

ただ、父はそれを怪異現象であるとして、それ以上の研究をしなかった。ぼくは、これをもっと突き詰めて調べなければいけない」

亜菜がいなくなってしまったのだから、とは、善男さんはいわなかった。いわなくてもぼくたちみんなに、それは聞こえた。

「しんの桜があの日、あの時間だけ満開になって、捜索が始まった時にはすっかり散ってしまっていたことや、しんの全体がほの暖かかったことと、神隠しの現象とは、なんらかの関係が絶対にある。ぼくがそのことに思い至るのにも、時間がかかってしまったが、その『なんらかの関係』とはどんなものかを探り当てるのには、さらに年月を費やしてしまった。気がついたのは、つい最近のことなんだ。

智玄君、鳴海さん。あの現象は、あの年の十二月二十二日、それも午後五時過ぎだったから起こったことだったんです。あの瞬間にしか起こらないことだったに違いないんです」

善男さんはぼくをまっすぐに見つめた。

「あの年の十二月二十二日は、朔旦《さくたん》冬至だったんだよ」

善男さんが何をいっているのか、ぼくには判らなかった。お母さんも、おばあちゃんも、善男さんを見つめながら、かすかに首をかしげていた。

「冬至の日が新月になるのが、朔旦冬至だ。昔の暦《こよみ》は、月の運行に基《もと》づいて作られていて、新月が毎月の一日目だった。だから『朔』という字は『ついたち』とも読むんだ。そして冬至のある月が一年の始まりだった。つまり朔旦冬至は、昔の暦でついたちが冬至になることを意味した。

新月は二十九日半に一度巡ってくる。冬至は三百六十五日とちょっとで来る。だから、なかなか同じ日に重ならない。十九年に一度しか起こらないんだよ、朔旦冬至は。昔は、これを暦の新たなサイクルの始まりと見なして、宮廷では大いにお祝いをしたそうだ。十九年に一度しか、お正月が一月一日にならないようなものだから、お祝いするのも当然だ。

けれど朔旦冬至には、祝うべき日という以外に、もうひとつの側面もある。

冬至は一年で最も日が短い。新月は月が見えなくなる。つまり朔旦冬至は、太陽のエネルギーと月のエネルギーが、両方ともいちばん弱くなる一日ということだ。逆にいえば、この先十九年間、これよりエネルギーが弱くなることはないから、以後の日々を祝う意味もあるんだろう。しかし太陽や月の影響が弱いということは、同時にこの日は、地球が本来持っているエネルギーを、最も発揮させる日でもあるんじゃないだろうか。

そのことと、しんのの桜が花開き、山が暖かくなり、輝きさえするのとは、関係があるはずだ。ぼくはそのことに確信がある。これは伝説やオカルトなんかじゃない。まだ人間が解明していないというだけの、特殊な物理的現象なんだ。

ぼくはね、智玄君」

善男さんは座布団からずれて、ぼくの方へにじり寄ってきた。

「しんのには、地球上のほかの場所にはあまり例のない、特殊な磁場が存在しているという仮説を立てた。これからその仮説を、必ず立証してみせる。時間はね、時間はたっぷりあるんだ。ぼくは予測をしてもいい。次の朔旦冬至になったら、しんのはまた異様な地球のエネルギーを放出して、音を立てるだろう。桜も咲かせるだろう。暖かくなって、山が輝くだろう。その時に必ず、何かが起こる。もう五年経った。あと十四年だ。十四年後の十二月二十二日に、しんので何かが起こる。それは、それはね、きっと素晴らしいことだよ。誰もが、ああ、そうだったのか！　って、喜びに驚くような出来事があるに違いない。ぼくに謝ることなんかないんだ、智玄君。これは、まだ誰も研究していないっていうだけで、すっかり説明のつくことなんだから。必ず解決することなんだからね！」

4

善男さんが帰った後、ぼくたちはしばらく黙りこくっていた。誰も、今の話を蒸し返したりはしなかった。

言葉にしたくなかったのだ。善男さんが、何をまくしたてていたのか、さっぱり判らない、などということを。善男さんの様子が、まともじゃなかったなんてことを。五年ものあいだ、集落で善男さんの姿を誰も見かけなかった理由まで、今の善男さんの様子で、察しがついたようなものだった。

おばあちゃんは、台所の丸椅子に座って、悲しげにため息をついた。

「あんまりつらいことがあると、あんなになっちまうんだねえ……」

お母さんもその時、台所で夕食の支度を始めていたが、おばあちゃんのその言葉を聞いて、ぼくをちらっと見た。恐らくぼくが、河守亜菜を思い出してしまうと思ったのだろう。お母さんは台所を離れて、居間のテレビをつけた。

それはたまたま、とんでもなくくだらない番組だった。ゲームに負けたチームがまずい野菜ジュースを飲むとか、相撲をしてお尻が出ちゃったとか、そんなことをやっていた。

テレビの中では自分たちのやっていることに、みんなで大笑いしていたけれど、ぼくはそんなもの、最初は見るのも嫌だった。ところがお母さんはそれを見て、アッハッハッ！　ウワッハッハッハッハ！　と指さして笑った。それでもぼくは、この場の雰囲気をやわらげようと、無理して笑ってやがる、としか思わなかった。

お母さんの笑い声につられたように、おばあちゃんもコンロの火を消してこっちに来た。そして大きな和机に肘をついて、ヒャヒャヒャヒャヒャ！　と笑った。見るつもりなんかなかったのに、あんまり笑っているから見ると、実際それは、馬鹿ばかしすぎて笑っちゃうテレビだった。ふんどし一丁に鉢巻をした芸人が、真っ赤になって怒っているのを見て、とうとうぼくも噴き出してしまった。

お母さんは実際、無理に笑っていたのかもしれない。それでもテレビがくだらなかったおかげで、ぼくたちは本当に笑うことができた。そして本当に気持ちがなごんだ。なごんだおかげで、ぼくはこの日もうひとつ、知らされていなかった事実を知った。

ひとしきり笑ったおかげで、ぼくたちは胸の中に溜めこんであったことを、口に出せるようになった。おばあちゃんは、善男さんが娘をなくしたせいでおかしくなったと、露骨にいった。それを聞いてお母さんが、そんなことをいったら智玄が、といいかけたので、ぼくは、そんなこと、もういいよ、と遮《さえぎ》った。

「おばあちゃんが何いったって、いわなくたって、どうせずっと忘れられないんだから。もう気いつかわないでいい」

そういってからぼくは、こういうことをはっきり意思表示したのは、初めてだな、と気が付いた。お母さんはぼくを見ていた。安心の表情だった。

「それよりね、ぼくずっと、妄想してたんだけど」ぼくは話題を変えた。「違ったんだな」

「何が」お母さんは少し明るい声だった。

「今思うと、笑っちゃうんだけど、東京で暮らすお金さあ、もしかしたらこっそり、善男さんが出してくれたのかなって、ちょっと思ってたんだよね。だけど今日の感じじゃ、ぼくが中学を卒業したのにも気が付いてないみたいだったよね」

「善男さんはなんにも知らないよ。私もずっと会ってなかったんだし」

「じゃ、誰が東京のお金出してくれたの？」

ぼくは一応、そう訊いてみたけれど、答えが返ってくるとは思っていなかった。けれどお母さんは答えた。

「お父さんよ」

「えっ」

驚いた「えっ」でもあったし、うまく聞き取れなかった「えっ」でもあった。お父さん、という言葉は、ちょっと大袈裟にいえば、鳴海家には存在しないも同然だった。

「あんたのお父さんはね、もう東京に家庭を持ってるの」お母さんは、一気に打ち明けてしまおうと心を決めたようだった。「仕事もうまくいって、お金に余裕があるんだって。それで、今になってあんたに、学資と生活費くらいは援助したいって、おとしだったかな、連絡があったの」

「気にすること、ないぞ」おばあちゃんは怒ったようにそういって、お新香に箸を伸ばした。「智玄と星子の人生をめちゃくちゃにした男だ。金くらい当たり前だよ。今までだって、養育費も慰謝料も、なんにも送ってこなかったんだから。使え使え」

どう答えていいか判らなかった。だってどう考えたらいいか判らなかったのだから。入学金や、ワンルームマンションの敷金なんかも、すでに払い終えていた。ぼくみたいな中学三年生にとって、金銭というのは、決してリアルに把握できるものではなかった。

ぼくがぼんやりしているあいだに、お母さんは食事を終えて立ち上がった。おばあちゃんも台所へ消えた。ぼくと、柱時計のカチカチいう音だけが残された。

第七章

　十勝食堂でざっくりと、朝の六時くらいにぼくの家の前で待ち合わせることにした。

「じゃ、お前は六時五分前まで寝てられるんじゃねえか」

　と、和田ラーメンは不満そうだったけれど、あいつの家はぼくの家からそう離れていないし、テントも寝袋もぼくが準備しているんだから、不服をいわれる筋合いはない。もちろん本当は、和田ラーメンにもそんなことは判っている。大事なのは、集合時間なんかじゃないってことも。

　大事なのは、しんのに「いつ行くか」ではなく、「いつ戻ってくるか」だ。

　当たり前に考えれば、ぼくたちは恐らく、遅くとも午前十時前には戻ってくるだろう。行くときと何一つ変わることなく、得るものもないままに。冬のさなかに満開の桜を見物できることだけが取り柄の、面白くもなんともない小登山だ。——そしてぼくは、今より何倍もの寂しさを抱えることになるだろう。

だからいったん和田ラーメンと別れて家に帰っても、母親とじっくり話し合うなんてことはしなかった。テレビをつけると、今年の十大ニュースみたいな特番をやっていて、そんな話——世間を騒がせた、でも自分たちとは特に関係のない、ドラマチックで大きな事件の話をネタに喋っている方が、気楽だし、会話もはずんだ。

それでもぼくは、どうでもいいお喋りをしながら、ついつい母親の顔や声にじいっと注意を向けてしまう。それが我ながら嫌だった。

今日は特別な日なんかじゃないんだ。母親の姿を記憶にとどめておく必要なんか、これっぽっちもないんだ。

母がそんなぼくのおかしな気持ちを察したかどうかは、よく判らなかった。

ただ母は、前夜と同じように、その夜もぼくと同じ部屋で寝た。前夜はあれこれと積もる話（どんな話をしたかは、一夜明けたら殆ど忘れてしまったけれど）があったからそうしたのだったが、この夜はとうに話題も尽きていた。

ぼくだけではないと思うんだけれど、帰省したり、ひさしぶりに親の顔を見る機会があると、最初のうちは殊勝らしく親孝行などしてみたい、せめて仲良く話したいなどと思っているのに、半日もすると親が小言をいってきたり、将来のいらぬ心配をしたり、逆にこっちが親のだらしない、洗練されていない暮らしぶりにウンザリしたりして、二日もすると親子ゲンカになり、むかっ腹を立てながら都会に戻るようなことに、なりかねないものだ。しかし今回はぼくも母も、終始おだやかだった。お互いの生活を詳しく聞きながらも、それについて意見も批判もせず、ただ微笑しながら相槌《あいづち》を打っていた。そこにはいわば、根拠のない遠慮があった。ぼくにもあったし、母の口ぶりにもそれは感じられた。

まあいいや。ぼくはいい歳をして母親と枕を並べて横になりながら思った。明日になったら、いろいろいってやろう。エアコンのリモコンのこととか、庭に放置された空《から》の植木鉢のこととか。母もそのつもりなのかもしれなかった。

不安な興奮のために眠れないかもしれないと思っていたが、思いのほか疲れていたらしく、母が灯《あか》りを消し、暗い中で何やら呟いているのを聞いているうちに、素直に寝てしまった。

眠りは深かったらしい。五時にセットしておいた携帯電話のアラームは、母に遠慮してヴォリュームを小さくしていたのに、鳴ったとたんにぱっちりと目が開き、すぐに音を止めることができた。

隣の布団は空っぽだった。台所からごはんの炊ける匂いがした。

「朝ごはん食べてきんしゃい」集落の訛《なま》りでもなんでもない、ふざけた口調で母は、起きてきたぼくにいった。「和田しゃんも来《き》んしゃるなら、一緒に食べてきんしゃい。ほいで、おにぎり持っていきんしゃい」

「あんがとなっす」

ぼくはそう答えて、着替えと荷物のチェックに部屋へ戻った。ちょっと涙が出そうになった。

六時少し前に和田ラーメンが来たので、家に上がらせて、三人で朝ごはんを食べた。鯵《あじ》の開きと、卵焼きと、熱いくらいのごはん。お味噌汁には大根と油揚げが入っていた。そしていつものように食卓の真ん中には、大きなボウルに山盛りになった生野菜が置いてあった。夏ならうちの畑で採れたものだが、冬も買ってきた野菜を同じように雑にボウルへ放り込んである。これをめいめい取って、マヨネーズをつけて食べるのが、うちのサラダだ。

和田ラーメンは家族に何もいわず、寝ている間に出てきたといって、遠慮なくごはんをかっこんだ。

「で結局、善男さんは来るの？　来ないの？」いうことにも遠慮がなかった。

「さあ」ぼくが答えると、母がちらっとこっちを見た。「こっち来てから、全然見かけなかったし。ぼくも会いに行ったりしなかったし」

「来るよきっと」母はそういって、口をへの字に曲げた。「来るっていってたもん。っていうか、多分そんなこと、いってたと思うんだ。こないだ来たとき」

「どんな感じでした？」和田ラーメンの口調は、のんきなもんだった。

「どんな感じって……」母はちょっといい澱《よど》んだ。「いつもとおんなじよ。頭がおかしくて、薄気味悪い感じ……。昔はあんなじゃなかったんだけどねえ」

「俺、もう何年も会ってない」和田ラーメンはそういって、母にごはんのおかわりを頼んだ。「薄気味悪い善男さんて、イメージないなあ」

「すっかり変わっちゃってね」そういいながらも母は、和田ラーメンの軽い口調にホッとしているようだった。「おじいさんみたいになっちゃったの」

「もうおじいさんでしょ、善男さんは」

「私とそんなに違わないわよ」

「じゃやっぱり」

母はわざとほっぺたをふくらませてみせた。

ぼくは笑った。我ながら、ぎこちない笑いだった。

ごはんを終えると、ぼくと和田ラーメンは、皿洗いを手伝った。母は大きなおにぎりと卵焼きとザーサイをラップにくるんで、大きなハンカチに包んで、お茶の入った水筒と一緒にぼくに渡した。

「無理しないで。早く帰って」

「うん」ぼくはいった。

「そのおにぎり、ここに帰ってきてから食べるかもしれませんよ」和田ラーメンはいった。「おばさんは仕事ですか」

「今日はお休み貰った」

それを聞いてハッとしたのを、ぼくは表情から隠した。母はぼくの帰りを待っているつもりなのだろう。

「じゃ、ちょっと行ってきます」

できるだけさりげなくそういって、ぼくは玄関を出た。

前庭に善男さんが立っていた。

ぼくは見慣れてしまったけれど、和田ラーメンはその姿を見て、息を呑んで立ち尽くしていた。

1

東京でのぼくの生活について、語るべきことはほとんどない。高校に近いワンルームマンションに住んで、高校に通い、夏休みや冬休みには集落に帰った。部活動もあるにはあったが、ぼくは入らなかった。そういう同級生は多かった。

高校にも馴染めなかったし、同級生にも馴染めなかった。そもそも高校に通っていた三年間、ぼくは東京に馴染むことができなかった。初めて新宿駅に降りたとき、今日はお祭りなのかと思った。でもそれはただの昼下がりだった。人間が川みたいに流れていた。テレビや授業でなく、日常会話として使われている外国語をじかに聞いたのも初めてだった。都会はあまりにも広く、そのくせギュウギュウ詰めだった。マクドナルドに入るのに勇気を出さなければならなかった。ガラス張りの喫茶店になんか、入る気にもならなかった。女たちは嘘としか思えない服を着て歩いていた。服というより、衣装だった。どいつもこいつも街中で芝居を、演技をしていた。

高校では、ぼくは優等でもなんでもない生徒だった。気がつくのに少し時間がかかったのだが、集落から通っていた進学塾は、その地方では大きくても、全国的には規模の小さい会社だったのだ。模擬試験の順位が上だったのも、試験に参加していた生徒の絶対数が少なかったからで、東京の進学校では、ぼくはせいぜい中の下といったところだった。辞書もアンダーラインも引かずにさらさらと洋書のページをめくっていく同級生もいれば、放課後に何かのソフトウェアを作っている生徒もいた。優等生の勉強は、授業のはるか先を行くだけでなく、学問的な独自の関心を専門的に追究していた。ぼくのような、授業に追いつくために部屋で精一杯勉強しなければならないような生徒は、落ちこぼれとまでいかなくても、決して出来のいい人間ではないのだった。一年生の夏休みが終わって登校しなくなった生徒は、同学年だけで七人いた。

東京の学生生活を、つまらないと感じていたわけではなかった。「つまらなくない」状態が、よく判らなくなっていただけだ。ぼくは普通の日常を送っていた。周囲の、明らかに心の底から笑ったり、友情を育《はぐく》んだり、恋をしたりしている同級生たちの方が、普通ではないのだ。ぼくはほとんど出歩かなかった。同級生に誘われて洋服を買いに行ったりカラオケに行ったりもしたけれど、たいていは部屋にこもって勉強し、休日には借りてきたＤＶＤを見たり、ぼんやり本を読んだりして過ごした。

なんにもない三年間だった。国立大学に進学して、なんにもない四年間がそれに続いた。今になって気がついたことだけれど、その後に就職して、なんにもない暮らしは今に至っているわけだ。厳密にいうなら、七年もそれ以上も、まったく何もないいま人間が生き続けるわけはない。だがぼくのこれまでの、そう長くもない人生（というよりただの生活）を振り返ってみて、これだけはと思えるようなことといえば、集落での子供時代と、そのつらい終わり方のほかには、たったひとつ、父親との邂逅《かいこう》があるだけだ。

本当だったら、父親との再会、といわなければならないところなのだろう。だけどぼくは父親を憶えていない。幼い頃の記憶の、一番奥の引き出しにある、あの母と口論する影みたいなものが父親だったのだろうと、論理的に考えればなる。それだけだ、ぼくにとっての父親というのは。母と対立していたからといって、特に恨みも感じない。影を恨むことなんかできない。その後の母の人生は、けっして気楽なものではなかった。しかしそれが父親の不在のせいだと思ったことは一度もなかった。

父親はぼく名義の銀行口座に、毎月お金を振り込んでいた。家賃と光熱費はぼくの知らない口座から引き落とされていた。もともといなか者で、お金を贅沢に使う方法をよく知らなかったぼくにとって、振り込まれるお金は生活費には充分だった。余ったお金は休暇ごとの帰郷と、母へのおみやげに使った。父親と連絡は取らなかった。どこに住んでいるかも知らなかった。

高校の卒業式の二日前、同じ大学の違う学部に進むことになった同級生数人とカラオケに行って帰ってくると、マンションからこちらへ、つまり駅の方向へ歩いてくる中年男性と目があった。

父親だと、すぐに判った。理屈も何もない。向こうもぼくが誰だか、すぐに判った。それは表情にあらわれていた。輝くような、苦いものを噛んだような表情だった。ぼくたちは数メートル離れて向かい合ったまま、同時に立ち止まった。

「智玄……君ですか」

ぎこちない声だった。呼び捨てにできるような間柄でないと、口を開いてから気がついたのだろう。はい、とぼくは答えた。中年男性は、さらにぎこちない自己紹介をして、ぼくはそれが父親だと確認した。

ぼくも父親も、そこから先どうしたらいいか判らなかった。初めて見る父親は、高そうな薄手のコートを着てはいたが、なぜかそれは貧乏たらしく見えた。ちょっと神経質そうな尖《とが》った顎をしていて、顔立ちは整っている方なのだろうが、目つきや鼻の形なんかに、なんともいえない嫌な、好きになれない微妙な歪みがあった。それはぼくの目や鼻に似ていた。

そこはマンションから少し離れたところだった。

「ちょっと、寄ってみたんだ」父親はいった。「いなきゃいないで、別にいい、と思って……」

「ぼくの部屋、行きますか」我ながら冷たい声だった。厳密には僕の部屋なんかじゃなくて、父親の借りている部屋なのに、

「いや……」父親はなぜか、うろたえたような顔になった。「実はそんなに、時間もないんだ……。よかったら、そこの喫茶店に……」

ぼくは黙って頷いた。ぼくたちはマンションのある道から大通りに出る角の喫茶店に入った。

向かい合って座ると、ぼくはいわなければならなかったことを思い出した。

「お金を、いつもありがとうございます」

少し深めに頭を下げてから見ると、父親の目には涙が溜まっているようだった。

「金なんか、いい」父親は搾《しぼ》り出すように、そういった。「ぼくがしたことは、金なんかで、償えるもんじゃない」

ウエイトレスがコーヒーを置いているあいだに、父親はハンカチで目元を素早く拭った。

「君は、なんにも聞いていないんだってね」咳払いをひとつして、父親はできるだけ

落ち着いた声を出そうとしていた。「星子が……君のお母さんが、教えてくれた。東京にいた頃のことを、君は全然訊かないし、知ろうともしないって」

「母と連絡を取ってるんですか」

「ごくたまに……。十年くらい前かな、まだ十年は経っていないのか……おかしな事件があっただろう？　そのニュースを見て、心配になって……。君が人事不省《じんじふせい》になったときには、ぼくも眠れなかった。そんなこと、君にはまったく意味ないだろうけれど……。それから、二年か三年に一度くらい、電話するようになったんだ」

「そうですか」

「そのあと、君のお母さんから、君がすごく優秀だと聞いてね。ぼくは自分で会社を作って、それが軌道に乗ったから、君の能力を伸ばす助けぐらいは、できるんじゃないかって……。そんなの、ぼくが君たちにしてしまったことに較《くら》べたら、罪滅ぼしにもならないんだけど……」

高そうなコートを脱ぐと、父親は仕立てのいいスーツを着ていた。オーダーメイドじゃないかと思われるそのスーツの中で、父親の身体は丸く縮こまっていた。それは、喫茶店のほかの客やウエイトレスが見たら、少年のぼくに対する、罪の意識にさいなまれた男の姿に見えたかもしれない。けれどもさっき道端で会ったばかりの人のその姿は、真正面に座っていたぼくには、自己憐憫《れんびん》にしか見えなかった。父親の様子を見て思い当たったのだが、ぼくは自分の家に父親がいないことを、引け目に感じたことは一度もなかったのだ。母と祖母に感謝しなければならなかった。この人は関係がなかった。

　ところが次に父親が語ったことは、のちになってぼくを決定的な憂鬱に落としいれた。父親はもちろん、そんなつもりでいったのではなかった。それは自己憐憫の一環だったに違いない。そして彼は、恐らく自分の中にある申し訳なさに酔うのに忙しく、ぼくがそれをどう捉えるかということにまでは、気が回らなかったのだ。ぼく自身も父親の言葉の意味に、しばらくは気がつかなかった。

「ぼくは若かった。自分勝手だった」父親は再び涙声になった。「君のお母さんが君をお腹に宿したと聞いて、ぼくは取り乱してしまったんだ。給料は少なかったし、やりたいこともあった。誰かの父親になるとか、家庭を守るとかなんて、自分にできると思わなかった。君のお母さんのことは、本当に好きだったんだよ。それは信じてほしい。だけど、若かった。お母さんと二人でいられれば幸せだって思っていた。それは恋人同士の気持ちで、家族になるっていう気持ちじゃなかった。君が生まれて、家に帰るのがつらくなってしまった。君のお母さんが、君のお母さんになってしまって、ぼくの妻ではなくなったように思えてしょうがなかった。家族っていう責任からも逃れたかった。ぼくは君のお母さんにつらく当たって、逃げたんだ。自由になりたいばっかりに」

すまない、すまない、すまないと、父親は頭を下げ続けた。

「ぼくの父親は、もう再婚して、子供もいるって、母から聞きました」

自分の声が冷たく響いてしまうのを、どうすることもできなかった。目の前の父親と違って、その時点でのぼくには、なんの感情も湧かなかった。

「今の仕事がうまくいって、余裕ができてから、再婚したんだ」父親はいった。「だから余計に、あの時の自分を、ぼくは許せない。謝ってすむことじゃないのも判ってる。金なんか……。気兼ねしないで、好きに使ってください。大学に行ったら、今より必要になると思う。今まで不自由だったぶん、君には思うように生きてほしい」

——父親が心底ぼくや母に悪いことをしたと思っているのは理解できたが、しかし結局、最後までどこか気持ちがすれ違ったまま、ぼくたちは別れた。

部屋に戻って一人になるのが、気の重い時期だった。やることがなんにもない。大学入試の翌日から、時間にすぱっと線を引いたように、勉強が無意味になる。そんなことってあるだろうか？　勉強は受験のためにやるわけじゃないと、何人かの大人や同級生がいっていたのを思い出す。その意見には説得力があった。ところがどうだ、現実に受験が終わって合格発表があって、まだ勉強している奴なんか一人もいない。机に向かって教科書を開いても、そこにはなんにも書かれていない。ついこの間までそこに何かが書かれていたと思っていたのが、幻覚だったみたいに。

勉強がまぼろしになって消えたあとのぼくには、殆ど何も残っていないような気がした。その夜はだから、父親と会ったということをベッドにひっくり返りながら反芻《はんすう》するよりほかなかった。自分が父親に対して、感動も何も表明せず、捨てられた哀しみさえ感じられなかったことは、むしろ父親にとって好都合だったに違いないとぼくは考えた。自分でいっていたじゃないか、時間がないと。あの人はゆっくりコーヒーなど飲んでいられなかったのだ。本当はすぐにでも今の家族のところへ帰りたかったのだろう。家族には内緒でやってきたのだ。母と連絡を取っていることや、ぼくに金銭的な援助をしていることも、秘密にしているのかもしれない。

感情が動かないまま、ぼくは父親があんなことをいった、こんな表情をしたと、いちいち思い出し、その言葉の意味や、しぐさが示した彼の心理状態を考えていた。そしていつの間にか、ぼくは気がついていた。

父親は母を愛していた。子供ができて逃げ出した。子供ができなければ逃げ出さなかった。母は父親と二人で幸せに暮らすことができた。子供とはぼくのことだ。ぼくがいなければ母と父親は幸せに暮らせた。二人が別れたのはぼくがいたからだ。

消防車のサイレンが、大通りを何台も走りすぎていくのが聞こえた。こんな寒い夜に火事を出して、今夜はどこで寝るのだろう。

2

東京の生活には語るべきものは殆どないけれど、同じこの時期、集落へ帰るたびに会わなければならなかった善男さんの変貌と混乱を、無視することはできない。

帰郷は、九割が楽しみだった。母や祖母に会うのも（少なくとも帰る前や、帰って二、三日は）楽しいし、集落に残っている友だちと、どうってことのない話をしながら時間を潰すのも楽しみだった。残りの一割が善男さんで、あの人のことを考えるだけで、列車の中でもため息が出てしまうのだった。

七月や三月や年の暮れに、母や祖母が集落で善男さんに鉢合わせしたりすると、善男さんは決まって、ぼくがいつごろ戻ってくるかを尋ねるらしい。集落のたいていの人たちと同じく、母も祖母も善男さんを憐れみつつも気味悪がっていたし、ぼくがうんざりしているのも知っているから、「今度の休みは、帰ってこないみたいですよ?」などととぼけていたそうだ。それでも帰れば家の中に閉じ籠っているわけにもいかず、出歩けば狭い集落のことだから、かならずどこかで善男さんに出くわしてしまう。そうなれば友だちと一緒にいようが、夜遅くだろうが、お構いなしに河守の屋敷に引きずり込まれてしまう。これは重大な話なんだとか、とんでもない発見をしたとかいわれて、奥さんにお茶を出させ、寿司の出前を取って、長い講釈を聞かされる。でたらめで、牽強付会《けんきょうふかい》で、しかもこっちの古傷にまで塩をすりこむような、痛ましい講釈だ。善男さんはそれを、ぼくの顔さえ見れば常に、紳士的な笑みを浮かべながら語るのだった。

「やっぱりそうだ。間違いない。寿永《じゅえい》二年は章首《しょうしゅ》だった」

ぼくが善男さんの書斎に入って、腰かけもしないうちから、善男さんはそんなわけの判らないことをいう。やけに薄くなった髪の毛は伸ばしっぱなしで、あんまり洗ってもいないらしかった。灰色のスラックスの下に穿いている猿股が、お腹まで引き上げられている。長袖シャツは黄ばんでいる。

「なんの話ですか」

「章首だよ。暦のひとめぐりを章という。その始まりが章首だ。暦の始まりとはつまり、朔旦冬至のことだからね。昔は朔旦冬至には、宮廷で祝賀の儀が行われた。その最初は延暦《えんりやく》三年だ。この年がどんな年か、今の君なら知っているだろう」

「延暦三年は遷都の年です」この話をしたとき、ぼくは確か高校二年生だった。受験勉強の真っ最中だ。「平城京《へいじようきよう》から長岡京《ながおかきよう》に移りました」

「なぜ」善男さんはにこやかに尋ねてきた。

「水路があるからです」ぼくは教科書通りに答えた。「長岡京は宇治《うじ》川とか桂《かつら》川とかが、合流して淀《よど》川になる地点だったから、船を出すのに便利だったんです。物流の中心は船でしたから」

「そうじゃない。そういう意味じゃない」善男さんは首を振った。「なぜ延暦三年に遷都したんだ。ほかでもない、延暦三年の十一月に」

「さあ」そんなことは教科書にも参考書にも書いてなかったし、授業でもやらなかった。「朔旦冬至だったからですか」

「すべては朔旦冬至から始まる！」善男さんは両手を広げ、大きな声でいった。「太陽から最も遠く、月の光が届かないこの日は、つまり太陽や月のエネルギーから、大地が抑圧を受けていないということだ。それまで太陽と月の偉大な力で抑えられていた地面は、この日にほんの少しだけ蓋《ふた》を開けて、本当の姿をちらっと見せる。ほんの少し、ちらっとだけだ。大地のエネルギーがすっかり解放されたら、ぼくたち生物なんかはひとたまりもないからね。あっちで少し、こっちで少し、一日だけ大地は真相を見せてくれる。この世界が本当はどういう構造になっているのか、そのヒントをかすかに示してくれるんだ。

ちなみに長岡京遷都は桓武天皇の勅命によるものだよ。日本で最初に朔旦冬至の儀を行って、大地のエネルギーに導かれて遷都したのが、桓武平氏のルーツでもあるというのは、この集落にとって極めて重要で、ミステリアスな符合だ。集落の『和田』が桓武平氏から来ているというのは、君にも教えたことがあるね？」

「あります」

「これからのぼくの研究は、桓武天皇という為政者が秘めていたに違いない、強大なパワーの究明にも向かわなければならないだろう。しかしそれは前途遼遠だし、延暦三年と寿永二年はかけ離れている。三百九十九年も離れているんだ。朔旦冬至は十九年に一度めぐってくる。K高校では、暗算の教育はするのかな？　三百九十九は、十九のちょうど二十一倍だ。寿永二年は日本では、二十二回目の朔旦冬至の儀が行われた年なんだよ。

『寿永二年七月二十五日、平家は都《みやこ》を落ちはてぬ』……平忠度が藤原俊成に百首ほどの和歌を託して、どうかこのうち一首でも、勅撰の和歌集に入れて頂きたいといい置いて、京の都を後にしたのが、この年だ。

それから忠度は平家一族と一緒に、九州の太宰府《だざいふ》に落ち延びた。同じ年の九月十三日までは、太宰府にいたことが判っている。そして翌年の二月四日に一の谷に現れるまで、忠度がどこにいたかは判らない。……という話は、以前にもしたことがあるね。憶えているかな？　君はまだ、小学生で……」

善男さんはそういって言葉を濁し、そっと息を吐いて目を逸《そ》らした。

その意味がぼくにはよく判った。善男さんがこの話をしたとき、ぼくは小学生で、ぼくの隣には、河守亜菜がいたのだ。しかもそれは、この同じ部屋のことだった。

ぼくはあの夏の日、河守亜菜がどこに座っていて、どんな表情をしてお父さんの話を聞いていたか、今でも目の前にいるように、思い出すことができた。

「この忠度が所在不明の時期に、ちょうど十一月の朔旦冬至は当てはまる」軽く咳払いをして、善男さんは話を続けた。「忠度がしんのに入っていったのが、朔旦冬至の当日、これは調べてみると、寿永二年十一月の、壬辰《じんしん》――つまり二日に当たるんだが、まさにその日だった可能性もある。というか、ぼくは忠度が朔旦冬至当日に、しんのにいたと、確信している。

でたらめな学説だと、君も思うかな？　そうかもしれない。みんながそう思っていることは知っている。それにぼくだって、太宰府から一の谷に向かうのに、この集落はひどく廻り道だということくらい判っている。そこにはミッシング・リンクがあるんだ。それを探す必要が出てきたわけだよ。真相には、一歩ずつ近づいてはいるんだ」

真相に一歩ずつ近づいている、という言葉は、それから善男さんの決まり文句になり、ぼくはその後一年ほど、くり返し聞かされた。やがて善男さんは何度か、九州の各所を巡る「研究旅行」へ行くようになった。

ぼくが大学受験を終えて帰ってきたときには、みんなが合格祝いの祝宴をしているところへ、痩せこけた身体にぶかぶかになったスーツを着て、分厚い祝儀袋を持って現れた。

「ヒコサンだよ！」

おめでとうもなし、集まっていたみんなへの挨拶もなしに、善男さんはいきなり意味不明な大声をあげた。驚きと、一種の恐怖で一同が静まり返ったのに耐えられなくなって、ぼくは入ってきたばかりの善男さんを表に連れ出した。

「ヒコサンだ。今の福岡県と大分県の県境に、英彦山《ひこさん》という山がある。山伏が修験道の修行で登る霊山だよ。太宰府から、そう遠くない。ぼくは登ってきた。明らかにほかの山とは決定的に違う、異様なパワーを秘めた山なんだよ。

ヒコサンという名称にも、きっとヒントがあるんだ。ぼくにはインスピレーションがあった。ヒコというのは『秘子』、つまり『子供を秘する山』という意味なんだ。英彦山には天狗《てんぐ》伝説がある。行いの正しい者は助けるが、悪い人間には害をもたらすという。英彦山の天狗に子供がさらわれた話は、たくさん残っているそうだ。天狗が善悪を裁くなんていうのは、宗教組織が政治のために作ったおためごかしに過ぎない。大地のエネルギーには、人間社会の善悪なんか関係ないんだからね。霊山とか、天狗とか、宗教といったものは、すべて人間がこの理不尽で説明不可能な世界、人間の外にある世界を、無理に判りよくしようと作り出したフィクションだ。天狗を迷信と決めつけた現代の知性も、結局は別のフィクションをこしらえて自分たちを納得させているだけだ。現代の作り話は、科学とか、政治とか、数学と呼ばれているけどね。そんなもの」

「ぼく、大学に合格したんです」ぼくは善男さんの話の腰を折った。

「そうだってね。おめでとう。これはほんの気持ちだ」善男さんはせわしない口調でそういって、ぼくに祝儀袋を押し付けた。「忠度は太宰府から英彦山に向かったに違いない。そして英彦山としんのには、何かつながりがあるに違いないんだ。それはきっと、朔旦冬至と関係がある。真相に近づいているよ。もう本当の真相が遠くに見えている。いやそれは、もうそんなに遠くじゃないかもしれないんだ」

暗い寒空の下で熱弁をふるう善男さんには、滑稽でしかも鬼気迫るものがあり、ぼくは気持ちが悪かった。けれどもそれは当時の話で、その後の善男さんに較べたら、こんなのはまだおとなしいものだったのだ。常軌を逸した論理の飛躍、妄想を客観的事実と混同する善男さんは、それからどんどん自分にとってだけの「真相」に向かってひた走っていった。

大学に入ると間もなく、和田ラーメンから連絡があった。東京のラーメン屋に就職が決まった、一緒にアパートを探してくれないかという。東京駅に迎えに行くと、決まったというのは嘘で、働かせてくれるラーメン屋さんを見つけるために、まずとにかく上京したかったんだといった。アパートを探しながらアルバイト先を見つけていた二ヵ月ほどの間、和田ラーメンはぼくのワンルームマンションで寝泊まりしていた。

それは東京での学生生活のうちで、もっとも楽しい二ヵ月間になった。俺のラーメンはここから始まるとかいって、ＩＨのクッキングヒーターも鍋もひとつずつしかない台所で和田が作ったべちょべちょのラーメンを、朝晩連続で食わされたり、男二人でディズニーランドへ行ったり、公園で酔いつぶれたりした。昔の話もしたけれど、河守亜菜の話は出なかった。和田ラーメンが言葉と思い出を選んでいるのが、ぼくにはよく判った。

それでも善男さんの話にはなった。河守亜菜の父親ではなく、以前から「集落の歴史」と称するおかしな研究をしている人、そんな研究ができるほど金と時間に余裕のある人、集落の奇人としての善男さんの話だった。和田ラーメンにはどんなことも打ち明けるようになっていたぼくは（父親の話もしたくらいだ）、しんのの桜の話や、朔旦冬至のことも話した。和田ラーメンにとってそれは、ただの妙てけりんな集落のエピソードでしかないようだった。彼はぼくの結構深刻な話を聞いて、腹を抱えて笑ったり、身を乗り出して話の続きをねだったりした。ぼくはその姿に友情を感じた。しんのの神隠しや、善男さんの異常ぶりを知って、こんなに明るい反応をしてくれた人はいなかった。その明るさはぼくを癒《いや》してくれた。

3

例によって書斎に無理矢理ぼくを引き入れた善男さんから、海外旅行から帰ってきたと聞いたとき、一瞬ぼくはそれを回復の兆《きざ》しなのかもしれないと思った。観光旅行に行くなどというのは、それまでの善男さんでは考えられなかったことであり、また必要なことでもあった。集落の中で籠りきってしんのことばかり考えているより――それは当然、彼の失われた一人娘のことを考えているというのと同じだ――、縁もゆかりもないリゾート地かどこかへ行って、何もかも忘れるのは、善男さんにとっていいことだったろう……。そんな風に思ってぼくは、「ああ、それは良かったですねえ」と、御近所さんと挨拶でもするような口調でいった。

就職先も決まって、残り一年足らずの学生生活を、ただ消化していた頃だった。例によって夏休みの夕方、塀に囲まれた屋敷の一室に連れてこられても、そう憂鬱ではなかった。

「うん良かった」頷きながら、しかし善男さんの表情は険しかった。「得るものが多すぎて、今でもうまく整理がついていないんだけどね」

「どちらへいらしたんですか？」

「ルーマニアだよ」善男さんはいった。「トランシルヴァニアにある、ホイア・バキユーの森、という所へ行ったんだ。地元では、魔女の森と呼ばれている」

ぼくの期待に似た楽観はたちまち崩された。善男さんは魔女の森などというものを見るために、海外にまで行ったのか。

「トランシルヴァニアはドラキュラで有名なところだし、魔女の伝統もある。そういうおどろおどろしい話が、観光資源にさえなっている。だから魔女の森、なんていわれても、鵜呑みにするわけにはいかない。この森では、幽霊が出るとか、UFOが目撃されたとか、面白半分の噂がいろいろあるようだが、そんなヨタ話は取るに足らない。

ただこの森は、ドラキュラの城なんかとは意味合いが全く違う場所なんだ。森全体は実に広大なんだが、一様に樹々が生い茂っているわけじゃない。植物の成長には著《いちじる》しいむらがあって、そこには植物学や森林科学で考えられるような法則がまったく当てはまらない。あるところでは種々雑多な植物がうっそうと茂っていて、そのすぐ横には、何を植えても雑草のほかはすべて枯れてしまう地帯がある。そうかと思うとある一帯の樹々は、一メートルほど真っすぐに伸びたあとに急カーブを描いて地面に向かって伸び、また上を向いて枝を伸ばしている。ひらがなの「し」の字に曲がった樹々もあった。

この森でぼくは何枚か写真を撮った。そこには、ほら、白い靄《もや》のようなものが写っている（デジカメのディスプレイには、確かに陰鬱な森の中空にぐねぐねと伸びる白いものが見えた）。森を出る直前には、おかしな光が点滅しながら輪を描いているのも見た。しかし今のところは、そんな現象はどうだっていい。重要なのはここが、しばしば行方不明者を出している森だということだ。しかもただ行方不明になるだけじゃなく、何人かは再び戻って来ているんだよ。そしてその戻って来た人たちも、一様ではない。この点こそ注目すべきところだよ。

つまりこういうことだ。行方不明になった人の中には、ふらりと森の中に入っていって、ただいなくなってしまった人もいれば、二百頭の羊と共に消えた羊飼いもいる。衆人環視の中で霧に溶けるようだった人や、足から消えて行って、首だけがしばらく宙に浮いたまま残っていた人もいる。

それ以上に興味深いのは、戻ってきた行方不明者の状態だ。ある少女は五年間どこを探しても見つからなかったが、戻ってきた時にはいなくなった時と全く同じ服装で、身体的特徴も五年前と変わらなかった。逆にある男性は数時間姿を見せなかっただけなのに、帰ってきたらすっかり年老いていた。二年のあいだ警察が探しまわって発見されたら、自分は行方不明になんかなっていない、ただあそこへ行ってここへ戻ってきただけじゃないかといっていた人もいる。記憶が失われた人もいれば、まったく別の生活をしていた記憶を持って帰ってきた人もいる。

行方不明者にも、帰ってきた人たちのあり方にも、パターンがないんだ。法則性が見いだせない。これが肝心なところだ。法則性というのは結局、理解できない事象を理解の範疇《はんちゅう》に封じ込めようとするってことだが、大地のエネルギーに対しては、そういう封じ込めができないのが、ホィア・バキューの森の事例で露骨に示されているわけだからね。

そして……ね？　鳴海君なら判るだろう。ホィア・バキューの森と、しんの間には、明らかな類似がある。ホィア・バキューの方がはるかに規模も大きいし、確認されている事象も多種多様だが、それでもふたつの場所にははっきりとした類似性があるのは理解できるだろう？　まったく同じことが、英彦山にもいえるわけだ。こういう特殊な現象が報告される場所というのは、地上のあちこちに点在しているんだよ。

まだまだ研究しなければならないことは多い。調べれば調べるほど、課題が増えていくんだ。けれどもルーマニアに行ってぼくは確信した。大地のエネルギーは、今の人間が知っている法則に従って活動してはいない。そしてそのエネルギーは、五年間がゼロになったり、別の生活をしていたり、太宰府からこの集落へ瞬時に運ばれたりといったように、人間の捉えている時空間の概念を超越したものになっている。それは……」

「ちょっと待ってください」さすがにぼくは口を挟んだ。「太宰府からここに運ばれたってなんですか？」

「忠度だよ」善男さんは、何を今さら、とでもいいたげな顔でぼくを見た。「前に話したこと、なかったかな？　忠度とその配下の軍勢は、太宰府から朔旦冬至の日に英彦山に向かって、そこで何らかのエネルギーによってしんのに移動させられ、しんの桜を見て、軍勢の一部はこの集落に残り、忠度は一の谷に向かったんだ。突飛な考えに思えるかもしれないが、これ以外に整合性のある説明はありえない。そしてそれは同時に、しんのという場所が持っている特別なエネルギーも説明することになる。

しんのには、時間も空間も歪めてしまうような、とてつもないエネルギーが秘められているんだ。ホィア・バキューで、英彦山で、そしてしんので、時間的な移動というだけでは説明しきれない、空間的な移動というだけでもない、未知の現象が起こっている……。

いや、もう鳴海君にだけは、ぼくの見解を教えてしまおう。だって君は、実際にあれをしんので経験しているんだから。君ならぼくがこんなことをいっても、たわごとだとは思わないだろう。――鳴海君。ホィア・バキューの森、英彦山、そしてしんのには、今ぼくたちがいるこの世界と、それとは別に独立して存在しているほかの世界とを結ぶ超空間的・超時間的な道があるんだ。その道は時空間を超越しているから、我々の目には見えない。我々の感覚で捉えることはできない。しかしそれは絶対にある。だから人や羊が、踏み迷ってしまうんだよ。人はそれをただ、雰囲気として感じるだけだ。それが地上の至るところにある、霊山とか、神秘の森と呼び習わされている場所なんだよ。ホィア・バキューしかり、英彦山しかり、しんのもまたしかりだ。

それがどういうことか、これだけ説明すれば、鳴海君にも理解できるだろう？　神隠しというのはただの行方不明じゃない。人間がなんの痕跡も残さず、ただ消えるなどということはありえない。彼らはただ、こことは違う世界に踏み迷ってしまっただけなんだ。超時空間的な道に入りこんだだけなんだよ。だから、その道が再び通じれば、そしてその時にその道に気付きさえすれば、人はこっちの世界に戻ってくることができるんだ。

これを物理学的に説明しようとすれば、それは今ある物理学を根底からくつがえすことになる。それはぼくの手に余る。だから論理的な証明より、実地に検証したいんだよ。次の朔旦冬至に、しんのでそれは、きっと起こる。あと七年とちょっとだよ。素晴らしいことが起こる。それで何もかもが報われるんだ。ぼくたちは救われるんだよ」

書斎でただ話を一方的に聞かされているのは、ぼくだけではなかった。法子さん——善男さんの奥さん、河守亜菜のお母さん——は、ぼくの斜め後ろあたりに腰掛けて、お茶を運んできたお盆を膝に載せたまま、物も言わず、ただそこにいた。やつれた善男さんよりもさらに年老い、うなだれて、何かをじっと辛抱しているように、ぼくとも目を合わせることは殆どなかった。

この年はまた、父親と二度目に会った年でもあった。

ぼくは大学生の間、ビジネスホテルで清掃のアルバイトを続けていて、蓄《たくわ》えができていた。父親から送ってくるお金の一部も貯めていた。社会人としての生活を始めるにあたって、自分で自分の部屋を借りるのには充分なお金があった。もう送金は必要ない、高校に近い（大学にもそう遠くなかった）マンションも引き払おうと思う、という趣旨の手紙を、父親に送った。それまでも学資のことなどで連絡が必要になったりしたら、必要な書類を父親の会社あてに郵送していたのだが（自宅の住所は教えてくれなかったし、知りたいとも思わなかった）、手書きの手紙を送ったのは、それが最初だった。父親から電話があり、食事をすることになった。

食事といっても昼だった。平日に父親の会社がある六本木《ろっぽんぎ》の、嘘くさいフランス料理店に連れて行かれた。BGMもない個室で、晩餐《ばんさん》のようなコース料理を食べた。

ここでまた父親の言葉をいちいち思い出すつもりはない。そもそもあんまり細かく憶えていない。父親はこれ以上ぼくに送金しなくても良くなったことを、明らかに喜び、安堵《あんど》していた。数年前と同様、ぼくと母に申し訳ない気持ちで一杯だというような意味のことはいっていたが、どこかそれは形骸化した響きのある言葉になっていた。そんなことはひと言も口に出さなかったが、父親にとっては新しい家族の方がはるかに重要であり（それが当たり前なんだろう）、ぼくや母は過去の汚点……とまでいわなくても、若気の至り、みたいなものなのかもしれない。ぼくへの送金は父親の懲役だった。彼は刑期を終えたのだ。

「いい会社に入れて本当に良かったね。おめでとう。また会おう」

父親はそういって、小走りに会社へ戻っていった。けれどもぼくは、もう会わないだろうな、と思いながらその背中を見ていた。ぼくがいなければ両親は離婚しなかったという、理不尽な罪障感は、今でも残っていた。父親がこちらの傷に気づきもしないのは、せめてもの救いだったし、それ以上の、それ以外の父親への関心は、ぼくにはなかった。父親もおそらく似たようなもんだったろう。何しろぼくのためには、休日や勤務時間後ではなく、昼休みしか使えなくなっていた、あるいは、使いたくなかったくらいなのだから。

4

大きな会社に勤めて二、三年経った年の正月の夕べ、なんとなく縁側にいたぼくと母のところに、物置でがさごそ探し物をしていた祖母が、大きめの封筒をいくつか持ってやってきて、ちょこんと座った。

「星子。これ」

「何?」

封筒を受けとって、母は少し驚いていた。

「うちの土地の、権利書とか、なんかそんなもんだ」

「ああ、そう」母はきょとんとした目でぼくを見て、それから祖母を見た。「お母さん持ってればいいのに」

「それから、お前、役場の人に頼んで、公証人を探してくれ」

「公証人? なんでよ?」

「遺言を作るからさ」

「ちょっとお、お正月だよ？」母は眉を寄せた。「縁起でもないこといわないで」

「縁起の悪いことがあるもんか」祖母は平然としていた。「そういうことは、きちんとやっておかないといけないだろ。あたしは今年、死ぬんだから」

ぼくも母も、一瞬絶句してしまった。

「なにいってんだよ」とぼくはいったが、絶句のあとだったから、驚きを取り繕《つくろ》いきることはできなかった。

「お母さん、身体の具合悪いの？」母が真剣に尋ねた。

「いいや。暮れに市民病院で検査してもらったけど、血圧がちょっと高いだけだって」

「痛いところがあるとか。眠れないとか」

「年寄りは眠れないとかいうけどねえ。そんなこともないねえ」

「じゃ問題ないんじゃないか」

「問題はないよ」祖母は静かにいった。「問題ないから死ぬんだよ。そうだろ？　命は死んで終わるんだ。問題なんかありゃしないよ」

「死ぬのお？」母は本気にしていなかった。「お母さんが死んじゃったら、つまんないねえ！」

「だったら今のうち、つまんなくなんない方法を考えな」祖母はいった。「だいたい星子は社交性がなさすぎるよ。友だちを作るとか、趣味を作るとか、自分で動きなさい。あんたもだよ」

祖母はぼくを見て、持っていたもうひとつの封筒をぼくに渡した。警察署の名前が入った、長細い封筒だった。

「あのあと、一年くらいして、警察が持ってきた」

あのあととは、なんのことなのか、ぼくにはすぐ判った。

「警察が来たとき、おばあちゃんしかいなかったから、今まで隠しておいた。こんなもの見たら、また智玄がどうなるかと思ったからね。今だってまだ早いのかもしれない。だけど、もうあたしも死ぬから」

写真のネガと、プリントが入っていた。

「警察が現像したって」おばあちゃんはいった。「捜査の証拠だか、資料になるだろうって……もう一枚ずつ現像して、警察が保管しているって」

ぼくがしんのに持って行った使い捨てカメラで撮影した写真だった。三枚あって、二枚は大きな白い光の外側に、花をつけた桜の枝がちらっと見える。

残りの一枚に河守亜菜が写っていた。満開の桜の下で、気をつけの姿勢で、小学四年生の河守亜菜は笑っていた。そしてその一切を、靄のような白いものが覆っていて、桜の上から河守の頭にかけて、大小さまざまな光の点が九つ、星座のように浮かんでいた。

祖母はその年の八月十六日に亡くなった。

その日、祖母は畑で大根を抜いていた。小学校から帰ってきた子供たちが、畑の下の道を並んで歩いていた。祖母はその子供たちに手を振った。子供たちも手を振り返した。祖母は手を上にあげたまま、すうっと倒れた。子供たちが近所の人や救急車を呼んでくれた。市民病院に運ばれたときには、まだ意識があった。母が来るまで待っていてくれたのだ。祖母は母の手を握って、大きく息を吐いて、目を瞑《つむ》った。

ぼくはその夜、特急列車の駅から集落までタクシーで行った。祖母は畳の上に敷かれた白い布団の上で横になっていた。いつまでも見ていられるような、美しい顔だった。母と二人で夜を明かしながら、並んでその顔を眺めた。おばあちゃんはそうやって、ぼくたちに教えてくれていた。命は死んで終わるんだと。

終章

善男さんはトレッキングブーツにチノパン、茶色い革のジャンパーと、服装はお金のある人のアウトドア・ファッションだったが、その服の上にある顔は皺《しわ》だらけで、喉仏が突き出していて、目がどんより濁っていた。笑顔だけは昔と同じ、鷹揚《おうよう》で品が良かったが、それがひどくみすぼらしい顔に浮かんでいるだけに、なおさら痛々しい。そして善男さんの顔がみすぼらしく見える理由は、主として頭髪にあった。それはまだらに禿《は》げているのだ。右前が少し、頭頂部やや左に少し、といった具合に、大きな十円禿げが、いくつもあった。善男さんはそれを隠すつもりがないらしい。真っ白になった髪の毛を短めに刈って、頭部の穴は雪上にある獣の足跡のように目立った。

「おはよう」

そのしわがれ声を聞いて和田ラーメンは、ぎょっとしたに違いなかった。以前の善男さんはよく通るテナーの声だったし、にっこり笑っても白い歯が並んでいて、今みたいに前歯が上下一本ずつ抜けていたりはしなかったのだから。

そんな容貌になっても、善男さんは自分が以前と何も変わっていないんだと、信じきっているのかもしれない。その無理が、さらに容貌をみすぼらしくしているのかもしれない。

「おはようございます」

ぼくと和田ラーメンは同時に挨拶した。そしてどちらの声も、同じくらい慎重だった。

「じゃ、い、行こうか」

善男さんの声は震えていた。顔も歪んだし、表情も笑顔から真顔に、不安に満ちたまなざしから作り笑いに、次々と変化した。一秒か、せいぜい二秒くらいのあいだに。それは和田ラーメンだけでなく、老いてからの善男さんを見慣れているぼくにさえ、気味が悪かった。

使いこまれたルイ・ヴィトンの大きなバッグを肩に担《かつ》いで、善男さんはさっそく歩きだした。ぼくは慌てて善男さんの前に回った。祖母が作った、しんのへの道をふさぐ塀、その塀にひとつだけついている入り口の南京錠は、ぼくが母から預かった鍵がなければ開かない。錆び付いた鍵穴に鍵を入れて回すのは手間がかかった。

扉を開けると、しんの発する音が、よりはっきりと聞こえてきた。ぐぅーん……、とも、ごぉーん……ともつかない、表記不能の音。音に続いて目の前に、重苦しい懐かしさで、しんのへ向かう一本道が真ん中にある光景が広がった。左右に山、目の前にも大きな山、その大きな山の手前に、小高く盛り上がったしんのがある。ぼくの家としんのを結ぶ一本道と、左右の山のあいだだけが、遊歩道か公園のような平地になっている。

ほかの季節なら、しんのは奥の大きな山にまぎれてしまうが、冬はかえって目立った。左右の山も奥の山も、冬になってすっかり葉を落としてしまっているが、しんのだけは青々としているからだ。

あの時もこんな風に、しんのだけが生き生きと見えていただろうか？　ほかの山と変わりのない、静かで寒々とした山に見えたんじゃなかっただろうか？　ぼくは思い出せなかった。それにあの時は夕方だった。今は爽やかすぎるほど爽やかな、年の瀬の早朝だ。雪もなく、さして寒さも感じない。家を出た時から空気は柔らかだったが、しんのに近づくにつれて、気のせいか暖かくさえ感じるようになった。

ぼくたちはしばらく黙って歩いた。和田ラーメンは時折ぼくのほうを見て、目が合うと微かに、いたずらっぽく笑った。そして目で善男さんを指した。

善男さんはぼくも和田ラーメンも見ていなかった。何も見ていなかった。彼はなんだかうっとりした表情で、口元にはほんのりと笑みを浮かべながら歩いていた。

「このあたりには、和田が多い」

歩きながら、ぼくは口を開いた。和田ラーメンがぼくを見た。ぼくは必ずしも和田ラーメンに向かって話しているのではなかった。

「和田という名字は、ルーツが桓武平氏にあるといわれている。関東地方で武家になった、坂東《ばんどう》八平氏のひとつの流れが『和田』になった。これだけ聞くと、まるで和田が平氏であるかのように思える。実際、血統は平氏から来ている」

善男さんは僕たち二人の前を歩いていた。ぼくにはその背中しか見えなかった。

「だけど、坂東八平氏は関東、つまり東国《とうごく》の武家だったんだ。源氏と平氏の戦いでは、源頼朝《よりとも》と一緒に、西国《さいごく》の平氏——伊勢《いせ》平氏を倒す側だった。伊勢平氏も桓武平氏、それも主流だけど、のちに和田になった家系を含む坂東八平氏たちは、伊勢平氏と敵対したんだ。伊勢平氏っていうのはつまり、平清盛の側だってことだよ」

「いっとくけど、俺、お前のいってること、結構最初の方から判ってないよ」和田ラーメンはいった。「なんの話、してんの？」

「この集落は、へーけのまつえーが作ったものなんかじゃない、ってことだよ」これをいうのは、つらかった。「もし、この集落の『和田』が、桓武平氏の流れをくむものだとしたら、それは京都からなんかじゃなく、源氏の軍勢と一緒に東からやってきたんだ。平忠度と『和田』は、遠い血統だけを共有していて、実際は敵同士だった。この集落に忠度が来たことの根拠になんかならない」

「忠度が京で藤原俊成に会ったのが、七月二十五日……」

善男さんは振り向きもせず、ぼくの話に答えている素振りすら見せず、大きな声で独り言をいっているようにして、口を開いた。

「一の谷で討たれたのが、翌年の二月七日……桜が咲くには、まだまだ……」

「それは旧暦です」ぼくは、善男さんの独り言をさえぎった。「善男さんも、本当は判ってるんでしょう？　寿永三年二月七日は、今の暦では一一八四年の三月二十日です。太宰府あたりではもう桜が咲いていてもおかしくない。京都でも咲いているかもしれない。一の谷のあたりでも……」

善男さんは何も答えなかった。ぼくたちはまた黙って歩き続けた。口を閉じると、しんの音があたりを覆う。しかしその音にも、ぼくはいつか慣れてしまったのか、鳴ってはいても聞こえていないように感じた。

「和田は、一人減ったけどね」沈黙がいやになったらしい、和田ラーメンがいった。

「小学校の担任の和田先生、覚えてる？　あの人、ちょっと前に結婚したらしいよ。それが高橋先生となんだって。高橋先生なんてもう六十過ぎてんだぜ。和田先生だってもういい年だろ。何があったんだろうなあ。いろいろあるよね、人生……」

記憶よりもはるかに短時間で、一本道はしんののふもとに着いた。ぼくたちはこれから山に入っていくのだと、感慨に足を止めるわけでもなく、そのまま山道へ入っていった。

しんのの暖かさは懐かしく、その懐かしさはぼくを苦しめた。十九年が経っていた。曲がり松の曲がり具合は野放図な荒々しさを増していて、ぐねぐねと伸ばした枝でぼくたちの行く手を阻《はば》んでいた。善男さんがその一本一本に興味を示して、上から下まで観察するので、山に入ってからはなかなか前へ進まなかった。足元の雑草も生い茂っていた。

それでもしんのに入って、十五分ほどしか歩かなかっただろう。山に沿った道を曲がると、桜はすぐに現れた。和田ラーメンが息を呑んだ。善男さんは桜を見上げて立ち尽くした。ルイ・ヴィトンのバッグが地面に落ちた。ぼくも一瞬、ぼんやりとすべてを忘れた。

見上げても見渡しても、空もなければほかの木々も見えなかった。ほんの少し、あちこちに瘤《こぶ》のある枝が見え隠れしている、そのほかはすべて桜の花だった。地面にも桜の花びらが敷き詰められていて、土どころか雑草すら見えなかった。全方位を花が埋め尽くしているというより、桜がほかのすべてのものを視野から奪っているようだった。まるでぼくたち三人と、桜と、それだけでこの世はできていて、ほかには何もないみたいだった。

その光景にぼくは、負けるわけにはいかなかった。桜はあまりにも絢爛《けんらん》として果てしなく、息をしたり身動きするのもふさわしくないような気がするほどで、ぼくの、そしてすべての人間の知っている世界とは、かけ離れ過ぎていたけれど、それは気の迷いなのだ。ここはぼくの家の敷地内だ。集落はもちろん、東京とだって地続きなんだ。ここだって「この世」なんだ。

ぼくはわざと地面の花びらを蹴散らして土を剝《む》き出しにしたところに、荷物を置き、テントを出して張った。ワンタッチのテントだから、広げるのは簡単だ。本当はロープをペグで固定しないといけないらしいが、中で寝るわけではないから、広げるだけにした。

桜のただ中に黄緑色のワンタッチテントがあるのは、まったくそぐわなかった。集落と違ってしんのは暖かだったから、防寒用のテントも寝袋も本当は不要だった。わざと広げたのだ。ここが異次元の幻想世界なんかじゃなく、ほんの二キロも歩けば人家もバス停も自動販売機もある場所にすぎないことを、自分たち自身に示すためだった。

「まだ七時にもなっていないね」

ぼくがわざとらしくたてたいろんな雑音に目を覚ましたように、善男さんが桜から目を離して、ぼくたちにいった。

「午前八時三分から、十時三十六分までが、一番、重要だ」

「太陽の黄経《こうけい》が二百七十度になる瞬間が、今日の午前八時三分」そういってからぼくは、和田ラーメンを見た。「つまり冬至の瞬間だ。太陽と月の黄経差がゼロになる瞬間が、十時三十六分。これを朔《さく》という」

「ビール持ってくればよかったな」和田ラーメンは桜を見上げた。「さっき貰ったにぎりめしでも、食うか!」

だが和田ラーメンは、ぼくがテントに置いたおにぎりを取りに行こうとはしなかった。

「地球の地軸は公転軌道の軸に対して二十三・五度曲がっている」構わずぼくは続け

た。「冬至の日に日照時間が短いのはそのためだ。つまり北半球だけの話で、地球全体が太陽から受けるエネルギーを減らすわけじゃない」

善男さんは、ぼやけた微笑を浮かべてぼくを見ていた。ぼくも善男さんを見つめていた。

「朔の日には新月になる。それは地球から見て、太陽が月の真後ろに位置するからだ。それだけのこと。月のエネルギーが地球に届かなくなるわけでもなければ、月が地球から一番遠くなる日ですらない。月の楕円軌道の一番遠いところ、つまり遠地点は、地球から四十万六千キロ以上離れているが、今日の月は地球から三十六万八千キロしか離れていない。こんなことは、ちょっと調べれば判ることなんだ。大地のエネルギーが解放されるなんてことはないんですよ。善男さん」

善男さんはぼんやり微笑した顔を少しも動かさなかった。

「朔旦冬至は、昔の暦の考え方にとっては重要でした。今だって天体観測の現象としては興味深いものなんでしょう。けれどもそこには特殊なエネルギーなんかない。エネルギーとか物理といった観点から見れば、朔旦冬至というのは、現象とすらいえないようなものかもしれない。それはただの、巡り合わせみたいなもんなんです。地球におかしな影響を与えるようなものなんかじゃ……」

「この景色を見てごらんよ鳴海君！」善男さんは笑顔を崩すまいと必死な様子で、ぼくの話をさえぎった。「十二月の二十二日だよ、今日は。この世界のどこにこんな桜が咲いてる？　四月の吉野《よしの》にだって、こんな凄まじい桜はありゃしないよ！　どう考えたって普通じゃない。ここには絶対になんらかの……なんらかの……」

「なんらかの特異性がある地勢らしいとは、ぼくも思います」言葉を探しあぐねた善男さんの話を、ぼくは引き継いだ。「しんのには植物の生育にはっきりと異常が見られます。この暖かさも――多分、地熱でしょうけれど――不思議です。でもそれ以上のものじゃありません。特殊な土壌なのか、マグマ溜りでもあるのか、磁場に異常があるのかもしれませんが、善男さんの期待しているようなものじゃないんです」

「期待じゃない！」善男さんの絶叫は、明らかに過剰反応だった。自分でもそれに気がついたと見えて、笑顔を引きつらせ、すぐに声を落としていい直した。「期待じゃないよ。研究の成果だ。この十数年、いや、郷土史研究から考えれば二十年以上、ぼくはしんのを研究してきた」

「それにその研究は、お父さんから引き継いだものなんでしょう？」ぼくは善男さんが、気の毒でならなかった。「半世紀以上も、しんのと集落を、特別なものとして研究してきたのは、よく判っています。でも善男さんは今、ただ期待をしているだけじやないですか」

　善男さんは何も答えなかった。ぼくへの怒りで言葉が出ないのだった。

「兄貴にも見せたいなあ」和田ラーメンが桜を見渡し、わざとらしく伸びをしながらいった。「今、大阪なんだよ、林太郎。農業なんとか会議とかいって。兄貴好きだったもんな、へーけのまつえーの話」

「さむらいは、乱暴しない、嘘をつかない、ひるまない」

　何十年ぶりかに、声に出していってみると、ぼくはそれまで我慢してきた涙を、抑えられないような気がしてきた。それはぼくたちがかつて幼く、楽しく、美しかったことを、無理やり思い出させる呪文のように響いた。

「善男さんが教えてくれたんです」ぼくはいった。「今思えば、善男さんはぼくたちが子供の頃から、つい最近まで、いろんなことを教えてくれました。善男さんがいなかったら、ぼくたちは今の半分も自分の住んでいる集落に、興味を持たなかったでしょう。こいつもそうだし」そういって和田ラーメンを指すと、ラーメンはぼくを静かに睨んだ。「こいつのお兄さんだってそうです。善男さんの話を聞いて、集落に誇りを持った子供はたくさんいます。ぼくだってそうだ。善男さんがいなかったら、ぼくは平忠度どころか『平家物語』さえ知らなかったでしょう。朔旦冬至も、黄道も、月の楕円軌道にだって、なんの興味も抱かなかったに違いありません。そして善男さんが話してくれたことは、ひとつ残らず、根拠のない、荒唐無稽なお話にすぎませんでした。でも、それはいいんです。それより何より、一番大事なことがあるんです。それは、どうして善男さんが、自分の思い込みを、そんなにまで、無茶苦茶に、押し広げているかってことなんです」

　ぼくは唾を呑み込んだ。善男さんに、とどめをささなければならなかった。

「しんの桜や、朔旦冬至に、どれだけ期待を込めても、河守亜菜は戻ってこないんですよ、善男さん」

　善男さんはもう微笑していなかった。ぼくの前で凍りついていた。

「しんのには、この世界と別世界をつなぐ道のようなものがある。朔旦冬至にその道が開く。河守亜菜は十九年前にその道の中に迷い込んでしまっただけだ。だから今日、再びその道が開けば、彼女はこの世界に戻ってくる。——善男さんはそう思っているんでしょう？　そんなことはないんです。朔旦冬至がどんなに珍しい現象で、しんの植物がどんなにおかしな育ち方をして、この桜がどれほど不思議に咲き誇っていても、河守亜菜は戻ってきません。別世界なんてないんです」

　善男さんの顎が、ぴくぴくと動いていた。奥歯を嚙み締めて、ようやく立ち続けていられるのだ。呼吸が激しくなっているのも、善男さんの胸の動きで見て取れた。

ここで話し終えるわけにはいかなかった。最後まで告げなければ、ぼくはただ、善男さんを追い詰めるだけになってしまう。

「そんな期待を、しないで欲しいんです」ぼくはありったけの気持ちをこめていった。「それは悪い期待じゃないですか。その期待にしがみついていたために、善男さんはすっかり変わってしまったじゃないですか。そんな期待さえしなければ、善男さんはもっと別の生き方ができたはずなんです。だいいち……」

しかしそこでぼくは突然、話を中断させられた。

「そのへんでやめてくれねえかなあ！」

不意に荒々しい声で、和田ラーメンがいった。ぼくはひるんだ。

「優等生の演説も結構なんだけどさ、鳴海さ、肝心なこと、いっこ忘れてない？」

ラーメンが何をいおうとしているのか、ぼくには判らなかった。

「鳴海さ、なんでここに、俺が来てるか、知ってる？　何年も前から決めてたじゃん。俺も一緒に行くって。俺関係ないんだよ？　どっちかっていったら、兄貴の方が全然興味あんだよ？　平家のことだって、ナントカ冬至だって、俺そんなの、どーだっていいもん」

「そりゃ、判らないけど……」ぼくはまごついた。「でも、今俺は、善男さんの持説が荒唐無稽だって話をしてるんで、それとは関係が」

「あんだよ。関係あんの」和田ラーメンはいった。「お前はね、物理学だのなんだのっていって、人をやりこめるような奴じゃなかったんだよ。ユートーセーじゃなかったの。お前は、殿様川でパンツが水浸しになって泣いて、ドッジボールが下手くそで、野球ばっかりやりたがってた奴なの。優秀でもない、馬鹿でもない、普通の奴なの。お前こそ変わっちゃったんじゃねえか」

和田ラーメンの口調は荒かった。ぼくはその荒さに動揺していた。そこには生々しく、友情がさらけ出されていたから。

「自分でどう思ってるか知らねえけど、お前は勉強に逃げたんだよ。ユートーセーだから勉強してたんじゃなくて、思い出したくないから勉強したんだよ。そんなん、俺だってみんなだって判ってたよ。でも別にいいやって思ってたよ俺は。グレたりジャンキーになるより、ユートーセーになる方が全然いいっしょ」

和田ラーメンは喋るのが苦手な男だ。それがありったけの言葉で喋っていた。ぼくのために。

「あんなことがあったんだもん。そりゃ逃げたくもなるだろ。だからユートーセーになったのは、それはいい。けど、しんのにまた行くっていい出しただろ。俺びびったよ。判んないよね、何しでかすか。ずーっと溜め込んでたんだから、お前は。ずーっと辛そうだったんだから。ここで馬鹿なことしでかす可能性はね、俺はあると思ってたね。そんくらいの奴だったんだよ、お前は。十九年間ずーっと落ち込んでたんだよ。それ自分で全然気が付いてなかったんじゃねえの？　人生がつまんねえのは当たり前だとか、思ってたんじゃねえの？　だから俺、一緒に行くっていってたんだよ、ずーっと前から」

ぼくがしんので自殺するかもしれないと、彼は思っていた。それもぼくにはショックだったが、それ以上に愕然としたのは、彼の見ていたぼくの姿が、あまりにも正確で、あまりにもぼくの自己像とかけ離れていたことだった。……いや、かけ離れていたのではない。ぼくは自己像なんてものを、それまで一切持っていなかったのだ。和田ラーメンはそれをぼくに気付かせた。

「善男さんがあれから変わった、おかしくなったって、お前はいうけどさ。お前だっておかしくなっちゃったんだよ。おんなじなんだよ、二人とも。だから善男さんにばっか、説教こくんじゃねえ！」

和田ラーメンはぼくから目を離さなかった。善男さんなんか見もしなかった。善男さんも見ていなかった。人が何かを喋っていることにも、気が付いていない様子だった。

「そうとは、限らない……」善男さんが、誰にも目を向けないまま、口を開いた。

それからぼくを見た。

「えっ」

ぼくが思わず聞き返すと、善男さんはしっかりした声で答えた。

「別の世界がないなんて、どうして断言できるんだ。ぼくの考えていることが、理屈に合わない、荒唐無稽なものだからといって、どうしてそれが、真実でないといい切れるんだ。いや、いい方を変えよう。荒唐無稽でないもの、物理学的な法則や時間的な秩序、現実的な常識や判断が、この世界をほんとうに成り立たせていると、証明することはできるのかな？　ぼくたちは、君が思うよりもはるかに心細い、立証不可能な世界に住んでいるんじゃないのか？

さっきぼくがいったことを、君たちは記憶しているかもしれない。ぼくは確かにこういった。まだ七時にもなっていないと。今時計を見ると、七時四十五分だ。さて、ぼくたちが七時前にすでにここにいたと、君はどうやって証明する？　ぼくたちが七時前にも、昨日も、十九年前にも、同じ意識を持った人間として存在していたと、そこにしんのや、集落や、今生きているのと同じ世界が存在していたと、証明するにはどうしたらいい？

　確かにぼくたちはずっと存在してきたと感じている。世界も存在し続けてきたと思っている。世界はぼくが生まれる前からあったし、ぼくが死んだのちも存在する。そうに決まっている。ぼくはそれを『知っている』といってもいい。

　でもそれは、どこまでいっても主観にすぎないんだよ。ぼくはあんなものを見た、こんなものを食べた、あれこれの本を読み、さまざまな経験をした、これを、あれを、知っている。だけど、ほんとうはそうじゃないかもしれないんだ。ぼくたちは、世界は、そういう体験や知識の記憶を持った状態で、ついさっき現れた存在かもしれないんだよ」

「やめてください」ぼくは思わずいった。「これ以上、理不尽なことを聞かされるのは、ぼくには耐えられません……」

「ぼくの思いつきじゃない。バートランド・ラッセルが考察した『世界五分前創成説』というのがあるんだ。ラッセルは懐疑論の考え方としてこれを提示しただけだが、同時にこの考え方は、立証もできないが反証も不可能だともいっている。つまりこれが世界のほんとうの成り立ちかもしれないんだ」

「だとしても、それがどうしたっていうんです！」ぼくはつい、イライラした声を出してしまった。善男さんの疑似科学にもならないような牽強付会に、我慢ができなくなってしまったのだ。

「だとしたら」善男さんは静かな、しかし思いつめた声でいった。「その先もありうる」

「その先ってなんですか」

「これから先、ぼくたちが全然違う世界に紛《まぎ》れ込んで、しかもそれをなんの不思議とも思わず、今までずっとそうやって住んでいたかのように、そこで暮らす、ということだって……」

「おい」ぼくは和田ラーメンに向かっていった。「お前がいう通り、俺はおかしくなっちゃったのかもしれない。でもこの人よりはましだぞ」

和田ラーメンは答えなかった。

「善男さん」ぼくはいった。「善男さんが、何をどう考えようと、ここことは違う世界がどこにどれだけあろうと、ぼくたちが生きているのはこの世界なんです。この世界で生きていくよりほか、どうしようもないんです」

涙がこぼれた。

「河守亜菜がいない世界なんです。もういないんです」

情けない涙声でも、ぼくはいわなければならなかった。

「さっきいいかけたことを、もう一度、いいます。善男さん。そんな期待さえしなければ、善男さんには、別の生き方もあったんです。その期待は悪い期待です。だいいち、善男さん、明日からどうやって生きていくんですか。朔旦冬至の日に、しんのの桜の根元に来れば、河守亜菜は戻ってくる。そんな期待は、あと二時間か三時間で潰れてしまうんですよ。そのあと、善男さんがしがみついている、その期待はどうなるんです。そんな期待を持って、どうやってこの先を生きていくんですか。また十九年待つんですか」

「十九年では、足りない」善男さんは抜け殻のようだった。「次に、朔と冬至が一致するのは、二〇五二年の十二月二十一日だ」その声、その姿は、絶望そのものを示していた。「それまで、ぼくは到底生きられない。ぼくも、妻も、待つことができない……」

善男さんは静かに、柔らかく散り積もった桜の花びらの上にしゃがみこみ、両手で顔を覆った。

和田ラーメンはしばらくうつむいたまま立ち尽くしていたが、不意にぼくの広げたテントの中に靴のまままもぐりこんで、横になり、頭を外に出して、腕枕で桜を見上げ始めた。

黙っていると、山の音がずっと聞こえているのが判った。

「綺麗だなあ……」和田ラーメンが呟いた。「苦しかったんだなあ、お前……」

風が吹いてきた。花びらがあたりを飛び交った。

「苦しくても、どうしようもなかった」ぼくはいった。「どんな人だって、悲しみをなかったことにすることはできない。ぼくだけじゃない。だけど、あの時」

長い間しまってきた、自分自身にも見せないようにしていた感情が、おさえられなくなった。

「ぼくがいなくなればよかったんだ」

風が強くなった。巻き上がった無数の花びらが視界を覆った。風は急速に強まっていった。山の音と風の音の区別がつかなくなり、誰の姿も見えなくなった。山の上のほうに、鳥居の形をした影が見えたような気がしたけれど、すぐに見失った。善男さんが何か叫んでいるかもしれなかった。和田ラーメンが立ち上がったような影が、渦を巻く花びらの向こうに見えた気がした。

やけに暖かい突風が、どん！ とぼくの背中を押した。ぼくは前のめりに倒れそうになり、何歩か前に突き動かされた。転びかけて、反射的に両手を前に出すと、太い桜の幹があった。振り返って幹に背中を押し付けると、轟音《ごうおん》の中で風に乱れ飛ぶ桜の花びらのほかには、何も見えなかった。

吹き飛ばされそうになって、思わず後ろ手に桜の幹へしがみつこうとすると、手探っても幹はどこにもなかった。背中にごりごりしていた幹の感触もいつの間にかなくなっていた。え？　と思って振り返ろうとすると、

何もなかった。

風が吹いていたのは、結局ほんの二、三分くらいだった。だんだん穏やかな感じになってきたんで、俺は目を開いた。

さっきよりもっと、あたりは桜まみれだった。テントもすっかりピンク色になってた。善男さんもいなくなっちゃって、俺一人になったのかと思った。

「善男さあん！」と叫ぶと、

「うわあっ」と地面から声がして、桜の花びらの山の中から、うずくまっていた善男さんが飛び起きてきた。チノパンも高そうなジャンパーも、年のわりには白くも薄くもない、自慢げな髪の毛も、泥と花びらでべっちょべちょのピンクまみれだ。

「大丈夫すか」

「いや驚いた。やっぱり恐ろしい山だね、しんのは！」

そんなことをいいながら善男さんは、着ているものに引っ付いた花びらを手で払おうとしたけれど、払って取り切れる量じゃない。

「なーにいってんすか」俺はちょっと、笑いそうになっちゃった。「負け惜しみにしか聞こえませんよ、そんなの」

「負け惜しみとは違うだろう」善男さんは不服そうだった。「こんな不可思議な桜を、君は見たことがあるのか。ないだろう。松だって曲がってるし、おかしな植物がほかにもたくさん……」

「ですね。ですね」俺は善男さんをなだめた。「だけど、実際なんにもないじゃないですか。平家の幽霊も出てこねえし、地球も滅亡してねえし……」

「地球の滅亡なんて誰がいった？」

「なんかそんなこと、期待してたんでしょ、どうせ」

「ぼくがそんな期待をするわけがない！」

「はい、はい」

俺は善男さんを相手にするのをやめて、テントにもぐりこんだ。

「鳴海のおばさんに貰ったにぎりめし、食いますか」

露骨に不満げな善男さんは、ふくれっ面のまま、黙って手を出した。俺はその手ににぎりめしを渡してやった。

「昼までに戻って、鍵返さないと、おばさん心配しますよ」

「うん」

にぎりめしはうまかった。俺は善男さんにザーサイを半分と、水筒の蓋にいれたお茶を渡した。卵焼きは俺が独り占めすることにした。善男さんは卵焼きも欲しそうに、ちらちらこっちを見ていたが、俺は無視した。こっちは水筒からじかに茶をすすらなきゃいけないんだから、おあいこだ。

俺たちは、しばらく黙ってにぎりめしを味わいながら、散り残った桜をながめた。あんなに風で吹き飛ばされたのに、花はまだ半分以上も残っていた。

「ビールがありゃいいんだけどな」と俺がいうと、善男さんは、

「さっきからそればっかりじゃないか。午前中だよ」

と笑った。にぎりめしのうまさで、機嫌が戻ったみたいだった。腹が減ってたのかもしれない。

「俺、前からちょっと訊こうと思ってたんすけど」俺はいった。

「なんだい」

「善男さんて、昔、鳴海のおばさんと、なんかあったんすか」

「ないよ」善男さんは即答した。「星子さんは東京で結婚したんじゃないか。ぼくだって既婚者だ」

「じゃ、その前」

「その前はお互い、中学生とか高校生じゃないか」

「先輩後輩でしょ。なんかあったんじゃないの」

「なんかあった、なんていうと、いやらしいことみたいじゃないか」善男さんは顔をしかめた。「なんにもなかったよ。……町で映画を観たり、喫茶店に入ったり、そんなもんさ。可愛いもんだったよ」

それから善男さんは、お茶をひと口飲んで、少し黙ってから、

「どうも不思議だね」といった。「ぼくはこっちで嫁さんを貰って、星子さんは結婚してからこっちに戻ってきて、お互い、境遇も人生もずいぶん違うんだけど、どっちの夫婦にも子供はできなかった。集落で子供がいないのは、うちと星子さんくらいなもんだ……。ぼくたちんところは、まあ仕方がないが、星子さんはちょっと気の毒だね。結婚してこっちに戻ってきて、そのあと、旦那さんに養子にまでなってもらったんだから」

「先祖伝来の土地を守るためっすか」

「そうなんだろうね」

独身で、彼女もいない俺には、こういう話は正直、ピンとこなかった。

「でも、まあ、アレじゃないすか」しょうがないから、てきとうなことをいった。

「鳴海さんとこの夫婦って、いつでも仲良さそうじゃないっすか」

「そうなんだよね」善男さんの声は、明るさを取り戻した感じだった。「うちもある程度、そうなんだけど、子供のいない夫婦って、二人でやっていこうって、意識的になるみたいだね。そういう気持ちになれないんだったら、いつでも離婚できる関係なわけだし。別れないってことは、絆が深いってことなんじゃないかな」

「じゃ子供なんかいない方がいいですね」

「そういう意味じゃない。いてもいなくても同じなんだ、そこは。君も結婚したら判るよ」

おっと。このまま黙って聞いていると、自分の親にされているような「結婚しろしろコール」が始まりそうな気配だった。俺はにぎりめしをさっさと食って、水筒の茶で流し込んで、立ち上がった。

「そろそろ行きますか」

俺はそれとなく立ち上がって貰いたかったんだけど、善男さんは花びらの上にべったり腰を下ろしたまま、桜を見上げて感慨にふけっているみたいだった。そんならそれでいい。俺は勝手に荷物をまとめて、テントをたたみ始めた。

「これいいテントっすね。新品ですか」

「君が持ってきたんだろう」

「俺のじゃないっすよ。善男さんが持ってきたんじゃないすか」

「そうか」善男さんはぼんやり茶をすすった。「そうだったかな」

テントも、使わなかった寝袋もひとまとめにしたのに、善男さんはまだ立ち上がろうとしなかった。

「待ってたって、なんにもありゃしないですよ」俺はいった。「オカルト現象なんかないですよ。帰りましょう」

「オカルトじゃないんだって、いってるじゃないか」

善男さんはふくれっ面でそういったが、俺に怒ってるんじゃないのは判った。

「じゃ、なんですか。何があると思ってたの」

「だからさ」

と善男さんはいって、その先が続かなかった。俺は続きを待った。俺が続きを待っているのが、善男さんには気に入らないみたいで、しばらく黙って考えていたあげくに、俺をきっと睨んだ。

「君は何があると思ってたんだ」やつあたりだ。「別に興味もないのに、なんで来たんだ。わざわざ東京から。休みまで貰って」

「そりゃあ」

いわれてみると、俺もなんでこんなところへ来たのか、はっきり答えられなかった。でもこうなると答えないわけにいかない。しょうがないから、

「桜が綺麗だっていうから」といった。

「うん」

善男さんはまた、桜を見上げた。桜を見ると、不思議と穏やかな気持ちになるのは、善男さんも俺と同じだった。

「それで、いいか」善男さんはいった。「ぼくも、花見に来たんだ。……いいだろ、それで？」

「ですね」

担いでいたテントと寝袋をおろして、俺は善男さんと並んで、花びらのうえにあぐらをかいた。

なんかもっと、いうことがあったような気がしたけれど、忘れた。

桜が綺麗なら、それでいい。

「ビールがありゃ、最高なんだけどなあ」

「ほかにいうこと、ないのかね、君は」

あるさ。ビールがあって、隣に一緒にいるのが、可愛い女の子ならいうことなしだ。こんなおっさんじゃなくて。——でもそんなこと、いえるわけないから、俺は黙っていた。

風が吹いていたのは、結局ほんの二、三分くらいだった。強風がだんだんと微風になるようなこともなく、強風から突然、無風になった。

恐るおそる目を開くと、視界がすべてピンク色だった。まつげに花びらがくっついていたのだ。ぼくは幹から手を離し、顔や髪の毛から花びらを急いで払った。

「大丈夫？」

振り返ると、ぼくと桜の幹のあいだで、ぼくのジャンパーの背中に顔をつけていた亜菜が、ゆっくりと顔を上げた。

「びっくりしたあ」亜菜の髪の毛も花びらだらけだった。「竜巻で飛ばされるかと思った！」

「お前は飛ばされないよ」

「お前っていうな」

「おめーは飛ばされねーよ」

「おめーっていうな」

亜菜はデニムやコートについた花びらを手で払って、花びらだらけになった手のひらをぼくのジャンパーにこすりつけた。

そんなことされたって、ぼくは何も反応しない。ぼくたちはもう、そんなことでいちいちじゃれるような段階じゃない。ナンダヨーとかいっていちゃいちゃする代わりにぼくは、

「どうよ？」と尋ねた。

「何が」

「なんかあった？　怪奇現象」

亜菜はジロッとぼくを睨み、それからあたりを注意深く見渡した。

一面が桜色だった。さっきまで少しは樹々の枝葉も見えていたのに、風が吹き過ぎたあとでは、どこもかしこも花びらだらけだった。

「あった」亜菜はいった。

「どこに」

「さっきあった。謎の突風が吹いた」

「吹いたね」ぼくはいった。「それで、どうした。俺たち、タイムスリップはしたのか。異次元空間に紛れ込んでんのか」

「だけどそれ、本当に判らないよ」亜菜は真面目な顔でぼくを見た。「場所は同じでも、平安時代かもしれない。三十一世紀かもしれない」

「だといいね」ぼくはわざと冷酷な声を出そうとしたけれど、笑ってしまった。「戻ってみれば判るんじゃない？　集落にバス停やビニールハウスがあったら、多分、今は平安時代じゃないってことだ」

「そんなもの、きっと、どこにもないよ」亜菜はいった。「みんな空飛ぶ円盤で移動してるか、そうじゃなきゃ、駕籠《かご》みたいなのを牛に曳《ひ》かせてる。どっちかだよ。そんなの見ても、オイ智玄、吠《ほ》え面《づら》かくなよ！」

「はい、はい」いまだに亜菜が可愛く見えることがあるから、不思議だ。「おにぎり食べようか」

「食べる！」

ぼくたちは、すっかり花びらに埋もれてしまったテントの中から、食べ物と水筒を取り出した。亜菜がテントの中に座り、ぼくは丸めたままの寝袋をクッション代わりにして腰かけた。

母の作ってくれたおにぎりは、ひとつでもお腹一杯になる大きさだった。亜菜に水筒の蓋を渡し、ぼくは水筒の栓をはずして、じかにお茶を飲んだ。

十二月にはありえない暖かさが、しんのの桜の下にはまだ漂っていた。それは、さっきここへ来たときと同じなだけではなかった。十九年前に、亜菜と二人で来たときと同じ暖かさだった。

十九年前に来たときは夕方、というより、小学生にとっては充分に夜だった。暖かさもどこか気味が悪かった。今はただひたすら、のどかで美しかった。

あのとき——十九年前、二人でここへ来たとき、ぼくは亜菜が、どんな女性になると思っていただろう。

今の彼女は、目が大きくて顎のとがった、きりっとした顔立ちの失業者だ。横浜《よこはま》のタウン誌を作っていた編集プロダクションが秋に解散して、職探しをしながら年を越そうとしている。彼女にとっては二度目の失職だ。いっそフリーランスの編集者になろうかと彼女は考えているようだが、どうなるか判らない。

彼女の家は資産家だから、食うために働く必要はないはずだ。けれどもそういう甘えを彼女は自分に許していないし、誰かがそういうことをちらっとでもほのめかすと、彼女は本気で怒る。私の家は私の人生じゃない、という。

彼女が幼馴染みのぼくと、浮き沈みはあっても未だに付き合い続けている理由のひとつは、ぼくが河守家のことなんか、どうでもいいと思っているからだろう。ぼくの家は貧しい母子家庭だが、それを卑下する気持ちもない。——亜菜の父親、善男さんとぼくの母は、学生時代に付き合っていたらしい、という噂もある。

「なあに？」

亜菜が首をかしげたので、ぼくは自分が、ぼんやり彼女の顔を見つめていたことに気がついた。

「なんでもない」と下手なごまかしかたをして、ぼくは思い出した。「あのボール、どうしたかなあと思って」

「ボールね」

十九年前にここへ桜を見に来たとき、ぼくたちはこの場所でキャッチボールをした。ぼくが投げそこなって、ボールをなくしてしまったのである。そのボールを探しに行こうというのが、ここへ来るための口実のひとつでもあった。

「もうないだろうねえ」亜菜はおにぎりを食べ終わって、お茶を飲みほした。「あっても、この桜まみれの中じゃあ、見つけようもないね」

「でもまあ、ためしに見てみっか」

「うん」

ぼくたちは立ち上がって左右に分かれ、足で花びらをどかしながら、十九年前のゴムボールを探し始めた。

作戦開始だ。亜菜が向こうで地面をじろじろ見ている隙《すき》に、ぼくはジャンパーの内ポケットに隠していた小箱を出し、地面に置いて、その上に少しだけ花びらをかぶせた。

「あった！」ぼくは叫んだ。

「え。どこどこ」

亜菜は走ってきた。ぼくは中腰のまま、小箱を指さした。

「あれじゃない？」

「どれ。ん？　あれ？」

亜菜はそこにあるものがなんだか判らず、少し警戒しているみたいだった。

「拾ってみ」

「やだよ」

「いいから拾ってみ」

亜菜は、おっかなびっくり手を伸ばして、小箱を拾い上げた。

「なんだこれ。新しいよ」

「開けてみ」

あきれたことに、亜菜はこうなってもまだ、それが何か、本当に判らないみたいだった。ぼくと小箱を交互に見て、亜菜はゆっくり箱を開いた。

箱の中には、ちびっちいダイヤモンドのついた指輪が入っている。

「亜菜」ぼくはいった。「ぼくと結婚してください」

亜菜はしばらく指輪を見つめていた。それから顔を上げてぼくを見た。目が少しだけ輝いていた。

「もっと早くいわなきゃいけなかったんだけど」亜菜の沈黙が照れくさくて、ぼくは喋りだした。「ようやく仕事も安定してきたし、お互い来年は三十だし……」

「ばか」亜菜はいった。「こういうときは黙って女の返事を待つの！」

即座にぼくは口を閉じた。その閉じた口に、亜菜の唇《くちびる》が飛び込んできた。


「行き暮れて……」

ぼくの隣で花びらの上に寝そべったまま、亜菜がつぶやいた。

「木の下陰を宿とせば……」

「花や今宵の、あるじならまし……」ぼくは下の句を引き取った。

「うちのお父さんは、まだしんのに不思議な力があると思ってるよ」

亜菜の声は、少し寂しそうだった。だけど、ぼくが少しだけふざけた口調で、

「お前もだろ？」というと彼女は、

「信じてたっていうな」と、ぼくの胸を柔らかく小突いた。

「信じてたっていいさ」ぼくはいった。「もう、なんでもよくなった。荒唐無稽だなんていって、悪いことしちゃったな……」

「そんなこといったの？」

「いってなかったっけ」

「知らないわよ」

「いってないか」

「いってなくても、智玄がそう思ってること、うすうす勘付いてるだろうね、お父さん」亜菜はいった。「県内一の優等生だもんね。非論理的なことは許さない」

「それ、いつまでいうつもりだ？」優等生という言葉が、ぼくは本当に嫌いだ。

「智玄が私のこと、お前っていわなくなるまで」

「もう三十だぞ。二十歳すぎればただの人、って知らないのかよ」

「ただの人なのかねえ、智玄は」

「俺は、おま……亜菜のお父さん、尊敬しているよ」ぼくはいった。「この集落が好

きなの、善男さんの話を聞いたからだもん」

「私も、実はそうなんだ」

「今の、あの歌だって、善男さんが教えてくれたんだよね……」

「私、ね……」亜菜は、告白するような声でいった。「なんでだか知らないけど、つらいこととか、苦しいこととか、あと、しっかり何かをやり遂げたのに、誰にも認めてもらえないときなんかに、思い出すんだよね……。ちょっと声に出して、いってみたりして……」

「俺、ずうっと考えてたんだ」ぼくはいった。「あの歌、どういう意味なんだろうって」

「昔、高橋先生が教えてくれたじゃない」

「そうなんだけどね……。ああいう、古文の解釈みたいなのじゃなくて、もっと大きな意味が、あるような気がする……。っていうか、俺なりの解釈を、見つけたことがあってさ」

「どんなの？」亜菜は上体を起き上がらせて、ぼくを見た。「教えて」

「それこそ、古文の解釈としては、間違ってるんだろうけどさ……」

と、まず前置きをしてから、ぼくはいった。

「行き暮れて、っていうのは、旅とか行軍とか、特殊な場合のことじゃなくて、人の一生のことじゃないかと思うんだよ。……人生なんて、もろくて、あてどないものだろ。そんな人生のどこかで、ふっと、こんな風な、大きな桜の木に巡り合うかもしれない。そしたら、もう人生は、その人のものじゃなくなって、桜の花がその人の人生の、あるじになってしまうんじゃないか……それくらい人生って、頼りないものなんじゃないか、って……」

「変なの……」

亜菜はそういいながら、しばらく黙って、考えていたようだった。そして、「そんなの、やっぱりおかしいよ」といった。

「そうだな」ぼくは認めた。「やっぱ、おかしいや」

「だけど、そんな気もする」亜菜は、ぼくの胸に手を当てた。「仕事がダメになったからかもしれないけど、最近、特に思うの。短い人生だって。でも、たまたま授《さず》かった命でもあるんだって。……こんなの、平凡なんだけどね」

「たまたま授かった、短い人生」ぼくは亜菜を見つめた。「一緒に生きよう」

亜菜はしっかりと頷いた。

ぼくたちはしんのをおりた。とたんに十二月の寒さが襲ってきたが、空は心地よく晴れていた。

ぼくの家もあったし、バス停も温泉宿も、遠くで健在のようだった。平安時代にも三十一世紀にもなっていないので、亜菜も、それからぼくもちょっぴり、がっかりした。

ぼくの家では、縁側に母と善男さんが並んでコーヒーを飲んでいるのが見えた。ぼくたちを見つけて、二人は手を振った。

「あれ？」ぼくはその二人を見て気がついた。「そういえば、どうして善男さんは、しんのに来なかったんだろう。朔旦冬至になるのを、ずっと待っていたのに」

「何それ」亜菜はいった。「サクタン、何？」

「朔旦冬至だよ。今日は朔旦冬至なんだ」

「へーえ」と亜菜は、判りもしないのに一応相槌を打った。「それで？」

「それで、……なんだっけ」

ぼくは思い出せなかった。

「おかえりー」母がいった。「どうだった？　桜、咲いてた？」

「凄かったよう」亜菜はそういって、縁側に足を速めた。

ぼくの足は鈍《にぶ》かった。鳴海家と河守家が並んでいるのは都合がよかったけれど、プロポーズしたことを二人に告げる、気持ちの準備ができていなかったのである。

●本書は二〇一六年九月に、小社より刊行されました。
文庫化にあたり、一部を加筆・修正しました。

JASRAC 出 1909200-901

|著者|藤谷 治 1963年東京都生まれ。日本大学藝術学部映画学科卒業。2003年、『アンダンテ・モッツァレラ・チーズ』でデビュー。'08年、『いつか棺桶はやってくる』で第21回三島由紀夫賞候補。'10年、『船に乗れ!』三部作で第7回本屋大賞第7位。'14年、『世界でいちばん美しい』で第31回織田作之助賞受賞。他の著書に『燃えよ、あんず』『綾峰音楽堂殺人事件』などがある。

花《はな》や今宵《こよい》の
藤谷《ふじたに》 治《おさむ》

講談社文庫
定価はカバーに
表示してあります

2019年10月16日第1刷発行

発行者——渡瀬昌彦
発行所——株式会社 講談社
東京都文京区音羽2-12-21 〒112-8001
電話 出版 (03) 5395-3510
販売 (03) 5395-5817
業務 (03) 5395-3615

デザイン—菊地信義
本文データ制作—講談社デジタル製作
印刷———豊国印刷株式会社
製本———株式会社国宝社

Printed in Japan

ISBN978-4-06-517797-6

講談社文庫刊行の辞

二十一世紀の到来を目睫に望みながら、われわれはいま、人類史上かつて例を見ない巨大な転換期をむかえようとしている。

世界も、日本も、激動の予兆に対する期待とおののきを内に蔵して、未知の時代に歩み入ろうとしている。このときにあたり、創業の人野間清治の「ナショナル・エデュケイター」への志を現代に甦らせようと意図して、われわれはここに古今の文芸作品はいうまでもなく、ひろく人文・社会・自然の諸科学から東西の名著を網羅する、新しい綜合文庫の発刊を決意した。

激動の転換期はまた断絶の時代である。われわれは戦後二十五年間の出版文化のありかたへの深い反省をこめて、この断絶の時代にあえて人間的な持続を求めようとする。いたずらに浮薄な商業主義のあだ花を追い求めることなく、長期にわたって良書に生命をあたえようとつとめるところにしか、今後の出版文化の真の繁栄はあり得ないと信じるからである。

同時にわれわれはこの綜合文庫の刊行を通じて、人文・社会・自然の諸科学が、結局人間の学にほかならないことを立証しようと願っている。かつて知識とは、「汝自身を知る」ことにつきていた。現代社会の瑣末な情報の氾濫のなかから、力強い知識の源泉を掘り起し、技術文明のただなかに、生きた人間の姿を復活させること。それこそわれわれの切なる希求である。

われわれは権威に盲従せず、俗流に媚びることなく、渾然一体となって日本の「草の根」をかたちづくる若く新しい世代の人々に、心をこめてこの新しい綜合文庫をおくり届けたい。それは知識の泉であるとともに感受性のふるさとであり、もっとも有機的に組織され、社会に開かれた万人のための大学をめざしている。大方の支援と協力を衷心より切望してやまない。

一九七一年七月

野間省一